刀使ノ巫女

toji no miko

琉球剣風録

JUMP j BOOKS

目次

CONTENTS

プロローグ　11
第一章　28
第二章　56
第三章　100
第四章　130
第五章　166
エピローグ　208
キャラクター設定　218
あとがき　222

人物紹介

CHARACTER

✲伊南栖羽

いなみすう

鎌《れん》府《ぶ》女《じょ》学《がく》院《いん》中等部一年。ちょっぴりお調子者、つらいことや痛いことは大嫌い。刀使《とじ》に自分は向いていないと考えている。

『私は刀使の任務や剣術に、そこまで思い入れを持てないんです』

SUU INAMI

✲朝比奈北斗

あさひなほくと

平城《へいじょう》学《がっ》館《かん》中等部三年。能力は平凡だが、圧倒的な努力でその壁を越えた。誰より強さへ執着する。

『私が、こんなに弱くなかったら……！』

HOKUTO ASAHINA

✲燕結芽

つばくろゆめ

綾小路《あやのこうじ》武《ぶ》芸《げい》学《がく》舎《しゃ》初等部に所属する、剣の天才。神童の名をほしいままにする、いずれ親衛隊《しんえいたい》第四席になる少女。

『弱い人のことなんて、覚えてても意味ないし。あはは』

YUME TSUBAKURO

✲ 古波蔵エレン《こはぐら えれん》

長《おさ》船《ふね》女《じょ》学《がく》園《えん》所属。
薫のよきパートナー。
日本人の父と
アメリカ人の母を持つ。

『バカンスじゃ
ありマセンよ。
お仕事デス』

EREN KOHAGURA

✲ 獅童真希《しどうまき》

折《おり》神《がみ》家《け》親衛隊第一席。
北斗とは面識がある。
信念に基づく真っ直ぐな
強さの持ち主。

『そのような事態は、
ボクが必ず
防いでみせます』

MAKI SHIDO

✲ 益子薫《ましこかおる》

長船女学園所属。
荒《あら》魂《だま》・ねねを連れている。
エレンをうっとうし
がるが実際はかなり
信頼している。

『冷房の
効いた部屋で
寝ていたい……』

KAORU MASHIKO

✲ 此花寿々花《このはなすずか》

折神家親衛隊第二席。京都
の名門に生まれたご令嬢。
真希をライバル視している。

『相手に特別な
兵法《ひょうほう》があるなら、
こちらもそれに
応じた兵法を
使うまでのこと』

SUZUKA KONOHANA

✲ リディア・ニューフィールド《りでぃあ・にゅーふぃーるど》

DARPAの研究員であり、S装備《ストームアーマー》の
運用試験に同席する。

『もし暴走が
起こっても、
私たちが
なんとかするわぁ』

LYDIA NEWFIELD

✲ 皐月夜見《さつきよみ》

折神家親衛隊第三席。
感情を出さず、必要
以上の会話をしない、
謎が多い刀使。
秋田県出身。

『親衛隊第三席、
皐月夜見です』

YOMI SATSUKI

日本に存在する霊験あらたかな刀――『御刀《おかたな》』の所持を国から公認された神薙《かんな》ぎの巫女《みこ》。
古来、人に仇《あだ》なす異形の存在『荒魂《あらだま》』の討伐を使命とする彼女たちを、
人々は『刀使《とじ》』と呼ぶ。

プロローグ

気づけば、渇望があった。

強くなりたい――彼女はひたすらそう願っていた。

生きていくために強さは必要だが、過ぎれば生物として歪《いびつ》となる。通常の生物は脅威への対応策として、強くなって立ち向かうことよりも、上手に逃げることを選択する。だから、強さを過剰に求めることは、本来は歪なのだ。

しかしその歪さこそが、ある意味で人間の証明なのだと彼女は思う。それほど過剰に強さを求める生物は、おそらく人間だけなのだから。格闘術や剣術などという特異な技術を生み出してまで強くなろうとするのは、人間だけなのだから。

そして彼女――朝比奈《あさひな》北斗《ほくと》も、常に強さを求め続ける。

二〇一六年五月。

北斗は深呼吸をして、ゆっくりと目を開けた。

場所は奈良県にある刀使育成校、平城学館《へいじょうがっかん》の武道場内。周囲には見学に来た生徒たちの姿がある。今、北斗が臨んでいる一戦は、御前試合予選の中でも注目の試合の一つだった。

御前試合とは、全国の刀使が集まり、その剣技を競う一年に一度の大イベント。現在はその予選として、校内代表の刀使を決める試合が行われている。

朝比奈北斗の目の前に立っているのは、ショートカットの髪と中性的な顔立ちが特徴の女子生徒。胸の膨らみがなければ、稀《まれ》に見る美少年と勘違いする者もいるかもしれない。

審判の教師が声をあげた。

「中等部二年、無外流《むがいりゅう》、朝比奈北斗」

「はいっ！」

北斗は返事をして、御刀《鬼神丸国重《きじんまるくにしげ》》を持って前に出る。

「高等部一年、神道無念流《しんとうむねんりゅう》、獅童真希《しどうまき》」

「はい」

中性的な女子生徒——獅童真希も、御刀《薄緑《うすみどり》》を持って前に出た。彼女は前年度の御前試合本戦の覇者である。

御前試合の予選では木刀などを使うことが多いのだが、今回は選手双方の希望により、真剣を使っての試合となった。

「双方、構え！　写《うつ》シ！」

審判の声に従い、北斗と真希は『写シ』を使う。写シとは、彼女たち刀使の持つ特殊能力の一つ。肉体を一時的に霊体に近い状態へ変化させる能力だ。この状態で致命傷を負っても、写シを解除すれば負傷はなかったことになる。

共に写シを張った真希と北斗は、刀を構えた。

「始め！」

審判の声と同時に、北斗が動く。

相手は前年度の御前試合優勝者だが、北斗は勝利する自信はあった。彼女はまだ中等部在籍ながら、平城学館内でも屈指の実力者であり、ここ半年ほどは一度も立ち合いで負けたことがなかったからだ。

その強さの理由は、他の者を圧倒的に凌駕《りょうが》する鍛錬量。北斗は剣術を習い始めた時から、生真面目に練習に打ち込む少女だった。そして平城学館に入学し、ある時を境に強さへの激しい執着が始まった。夥《おびただ》しいまでの訓練を自分に課し、時間さえあれば木刀か御刀を振っていた。彼女と並んで同じだけの訓練をこなすことができる者は、ほとんどいなかった。才能でいえば、朝比奈北斗という少女は、決して抜きん出てはいない。剣術のセンスも、運動能力も、敵の技を見抜く洞察力も、平凡なものでしかない。

だが、絶えず繰り返した剣術の型稽古が、センスの平凡さを埋めた。

体が壊れるほど積んだ体力トレーニングが、平凡な運動能力をアスリート並みのそれに変えた。

浴びるほど他の剣士の技を見学し、倦《う》まず重ねたイメージトレーニングが、平凡な洞察力を高く高く底上げした。

周囲から見れば滑稽に思えるほど過剰な努力が、凡庸な少女を並ぶ者なき剣士に変えたのだ。

年齢では中等部だが、積んできた鍛錬量は高等部の刀使に負けない。否、大人にも負けない。

だから、北斗は勝てる自信があった。

しかし——負けた。

北斗の繰り出す斬撃は、すべて造作もなく受け流された。技術、速度、膂力《りょりょく》、すべての点において獅童真希は、北斗より一回りも二回りも上だったのだ。

真希の斬撃が事もなげに北斗の身体に叩き込まれ、北斗は写シを剝がされて床に膝をついた。写シ状態では致命傷を受けても死なないが、肉体を斬られる苦痛と精神的な負担はある。

試合中、勝てる可能性さえまったく見えなかった。絶望的なまでの実力差。彼我の隔たりの大きさに、北斗は目の前が暗くなる。

北斗は怒りと悔しさに体を震わせながら、真希を見上げた。彼女は息一つ切らしていない、涼しい顔をしていた。

「獅童真希、私は必ずあなたを倒すわ。一年以内にあなたを超えてやる」

「いい目だね。勝負はいつでも受けて立つよ」

真希はそう答えた。

だが、北斗の言葉が実現することはなかった。

その後も彼女は幾度か真希と立ち合ったが、一度も勝てないまま――そして宣言にあった一年という区切りを迎える前に、真希は平城学館を去った。御前試合本戦で連覇を果たした真希は、全国の刀使を束ねる折神家《おりがみけ》当主、その親衛隊に抜擢され、特別刀剣類管理局《とくべつとうけんるいかんりきょく》の本部勤務になったからだ。


それからしばらく時が流れ、二〇一七年八月、北斗は沖縄の地を踏んだ。

那覇空港で飛行機を出た瞬間から熱気に包まれる。

制服姿に旅行用バッグを肩に掛けた北斗の姿は、修学旅行で沖縄を訪れた学生を思わせる。しかし、ただの学生と異質な点は、彼女が腰に帯びた刀である。コスプレ用の模造刀ではなく、紛れもない真剣だ。

その刀は『御刀』という神器であり、朝比奈北斗たち『刀使』と呼ばれる女性だけが扱うことができる。

刀使とは、法律上の正式名称は特別祭祀機動隊《とくべつさいしきどうたい》という。日本各地に出現する荒魂という化け物の討伐を任務とする国家公務員である。刀使が振るう御刀は、荒魂に対して特別に高い攻撃力を持つ。ゆえに古来、刀使は荒魂に対抗することができる唯一の存在だ。

今回、北斗が沖縄を訪れたのは、刀使としての任務の一環だった。

「さて……ここに迎えが来てくれるはずだけど……」

北斗は空港の到着ロビーに出ると、周囲を見回した。

すると――

「はぁぁ～……あなたたちは幸せだねえ。怖い敵と戦う心配もなくて、エサも不自由なくたっぷりもらえて……うらやましいなあ～。ほんっと、うらやましいなあ」

ロビーに置かれている観賞用熱帯魚の水槽に向かって話しかけている少女がいた。年齢は中学三年生である北斗より幼いように見える。十二、三歳くらいだろうか。彼女の足元には大きめの旅行用バッグが置かれているから、本州から沖縄へ旅行に来たのかもしれない。

「私と代わってほしいなあ～……私も安全なところで、ずーっと暮らしてたいよぉー……というか私、これからどうすればいいんだろうねえ……」

水槽に語りかける姿に周りの人々は引いているのか、誰もが露骨に目をそらしている。

北斗も見て見ぬふりをしようとした。

しかし、少女が腰に帯びているものを見た瞬間、そうするわけにはいかなくなった。彼女の腰にあるのは、刀使の証しである御刀だ。よく見てみれば彼女が着ている制服は、刀使育成校の一つ、鎌府《れんぷ》女学院《じょがくいん》のものである。

（そういえば、私の他にも『テスト装着者』として呼ばれた刀使がもう一人いると聞いていたわね……）

あの少女がそうなのかもしれない。

北斗は小さくため息をついて、水槽の少女に近づいた。

「あなた、普天間《ふてんま》の研究施設《ラボ》に呼ばれた刀使かしら」

「……え？　あ⁉　すすすすみません！　別に魚を取って食べようとか、そういうつもりじゃないです、逮捕しないでください、すみません！」

少女は土下座しそうな勢いで、ペコペコと頭を下げる。

「逮捕なんてしないわよ。これ」

北斗は自分の御刀に触れる。それを見ると少女は、北斗が自分と同類だと察したようだった。

「お姉さんもテスト装着者として呼ばれた刀使ですか⁉」

「そうよ。あなたも――」

「よかったですううううう!!」

北斗の言葉を遮り、少女は突然飛びついてきた。

「な、何!?」

唐突に抱きつかれ、北斗は困惑する。

少女は涙と鼻水で顔をぐちゃぐちゃにして――あまつさえ、そのぐちゃぐちゃの顔を北斗の服に擦り付ける。

「私……！　私、迎えに来てくれる人の名前も顔もわからなくて～～～！」

「いいから、離れなさい！」

「このまま誰にも見つけられずに、ここで野垂れ死んだらどうしようって～～！　財布のお金も五百円しかないし～～！」

北斗は少女を引き離そうとするが、腰にしがみついたまま離れようとしない。ロビーにいる人たちからの視線が痛い。


やっと少女が落ち着いた後、北斗は事情を聞いた。

彼女の名前は伊南栖羽《いなみすう》。北斗と同じく普天間研究施設に呼ばれたが、迎えに来てくれる人の名前も顔もわからず、途方に暮れていたらしい。このまま空港で彷徨《さまよ》って野垂れ死にしたらどうしよう、などと不安に思っていたそうだ。

「迎えに来てくれる人は、金髪のアメリカ人だって聞いてましたから……そんな人、探せばすぐに見つかるだろうと思ってたんですけど……」

到着ロビーには観光客なのか米軍基地関係者なのか、日本人ではない人の姿も珍しくない。金髪の女性も、軽く見回すだけで三人ほど見つけられた。

「でも北斗さんに会えてよかったです！　これで野垂れ死にせずに済みます！　迎えの人の顔とかわかりますか⁉」

いきなり下の名前で呼んでくる上に、会ったばかりの人間に完全に頼りきるという距離感に、北斗は少し面食らう。

「ええ。相手の写真とプロフィールのデータは持っているから」

「やったぁ！　頼りになります！」

北斗は呆《あき》れつつ、迎えに来てくれる人物の写真とプロフィールをスマホに表示させようとした瞬間。

北斗の背中に硬い棒状のものが突きつけられた。

銃口だ、と北斗は察する。

「そのまま動かないでー、こっちを向いてねぇ」

気怠げな女性の声。

「……」

北斗は振り向く――が、その動作は拳銃の持ち主が予想したものとは大きく違っていた。北斗は振り向きながら拳銃の銃口から身をかわしつつ、同時に凄まじい速さで御刀を抜く。瞬きする間さえなく、拳銃は御刀に打たれて弾き落とされていた。

北斗の動きに反応することさえできず、呆然《ぼうぜん》とする拳銃の持ち主。三十歳前後と思われる、金髪碧眼《へきがん》の女性だった。

栖羽は状況を理解できず、頭の上に大量の疑問符を浮かべている。ロビーにいる観光客や空港職員たちも、何事かと北斗たちに注目していた。

金髪の女は相変わらず気怠げな口調で言う、

「予想以上の実力だわぁ。五條《ごじょう》いろはは、充分な実力者を用意したみたいねぇ」

「リディア・ニューフィールドさんですね？」

「そうよぉ」

彼女が普天間研究施設からの迎えの者だ。

「ずいぶんな挨拶ですね」

北斗は御刀を鞘《さや》に納める。

リディアが床に落ちた拳銃を拾い、トリガーを引くと、銃口から小さな火が出た。

「単なるライターよぉ。北斗ちゃんも、わかってたでしょう？」

悪戯っぽい笑みを浮かべながら、リディアは言う。

北斗も本物ではないとわかっていた。背中に当たった銃口の感触が軽すぎたからだ。

「でも本当に銃だったらぁ、もっと離れた場所から声もかけずに撃っちゃうけどねぇ。御刀じゃ遠距離からの狙撃には、対応できないもの。バァンって」

リディアはからかうようにウィンクする。

「……そうですね。ですが、こんな人の多い場所では、障害物が多すぎて、近づかないと撃てないと思いますが」

北斗が素っ気なく答えると、リディアは肩をすくめた。

「ごもっとも」


「わあああ！　青い海！　南国って感じがしますよね、北斗さん!!」

リディアが運転する車の窓から顔を出して、栖羽ははしゃぐ。

ちょうど車は那覇空港から普天間研究施設へ向かう途中の、海沿いの橋の上を走っているところだ。研究施設は、沖縄県宜野湾《ぎのわん》市の普天間基地内にある。

「危ないわよ、顔を出すのはやめなさい」

「はーい」

北斗が言うと栖羽は素直に首を引っ込めるが、彼女の行動は手のかかる子供そのものだ。

リディアは片手でハンドルを握りながら、もう片方の手には北斗と栖羽のプロフィールが書かれた紙を持っている。

「朝比奈北斗、平城学館中等部三年、無外流、御刀は《鬼神丸国重》。伊南栖羽、鎌府女学院中等部一年、雲弘流《うんこうりゅう》、御刀は《延寿国村《えんじゆくにむら》》。身長、体重、スリーサイズは省略。二人とも、間違ってなぁい？」

日本には五つの刀使育成校が存在する。美濃関学院《みのせきがくいん》、平城学館、長船女学園《おさふねじょがくえん》、鎌府女学院、綾小路武芸学舎《あやのこうじぶげいがくしゃ》——これらは伍箇伝《ごかでん》と呼ばれる。北斗は奈良にある平城学館の生徒であり、栖羽は鎌倉にある鎌府女学院の生徒だ。

「はい。間違いありません」

「えっと……間違ってないです……」

北斗の迷いない答えに対し、栖羽の返事は自信なげだった。

「二人とも、今回の任務の内容は把握してるぅ？」

「以前より刀剣類管理局が米軍と共同開発していた『S装備《ストームアーマー》』……その運用試験を行うと聞いています。私たちはそのテスト装着者として参加する、と」

「そうよ、実戦投入前の最終段階テストねぇ。S装備のことはどこまで知ってるぅ？」

リディアが車のハンドルを操りながら、後部座席の二人に尋ねる。

「詳細は現地で説明を受けるように言われましたが、刀使を強化するために開発された装備だと聞いています」

北斗はそう聞いていたため、今回のテスト装着者の任務に乗り気だ。テスト装着者としてS装備に触れておけば、実用化した時に優先的に使わせてもらえるかもしれない。S装備によってより強くなれるならば、利用しない手はない。

「そうねぇ」少し思案しながらリディアは言う。「本来の設計思想としては、刀使を強化するためというより、一般人を刀使並みに強くするための装備ね。少女だけを戦わせるのではなく、人間が誰でも荒魂と戦えるようにするための道具」

刀使は現状、荒魂に対抗できる唯一の存在だが、刀使としての能力を有しているのは女性のみ。しかも刀使は、年齢が上がると共に能力を失っていく者もいるため、多くは未成年の少女たちだ。彼女たちは常人をはるかに凌駕する力を持つとはいえ、年端も行かない少女たちに危険な荒魂討伐任務を行わせている現状には、根強い反対の声がある。事実、任務の中で重傷を負ったり、命を落とす刀使もかつては多くいた。

だが、現実問題として、荒魂を倒せる力を持つのは刀使だけだ。そして荒魂という化け物は、誰かが討伐しなければ、多くの一般人が危険に晒《さら》される。一九九八年、大荒魂による相模湾岸大災厄《さがみわんがんだいさいやく》では、千六百人を超える死者、二万人を超える負傷者が出た。

そこで考案されたのが『S装備《ストームアーマー》』である。

「簡単に言えばぁ、御刀の材料である『珠鋼《たまはがね》』を組み込んだパワードスーツよ。そのスーツを装着すれば、一般人でも刀使みたいな力を使えるようになるってわけ。理論上はね。刀使の力を外付けしちゃおうってことねぇ」

「なるほど……」

だが、理論や設計思想など、北斗にとってはどうでもいい。重要なことは、強くなれるかどうかだけだ。

一般人でも刀使並みの戦闘能力になるのならば、刀使が使えばさらに強力な力を得られるだろう。

「あの……」おずおずと栖羽が手を上げた。「どうして私なんかがS装備のテスト装着者に選ばれたんでしょう？」

「う〜ん」リディアは北斗と栖羽のプロフィールを見て、「比較対象かしら」


同日、北斗と栖羽の他にも沖縄の地を踏んだ刀使たちがいた。

全国の刀使を束ねる特別刀剣類管理局の頂点たる折神家当主、折神紫《ゆかり》。

折神紫の側近である親衛隊の第一席、獅童真希。

同じく親衛隊第二席、此花《このはな》寿々花《すずか》。

親衛隊は全員で三人だが、第三席の刀使は有事のために折神家の拠点である鎌倉に残っている。

紫たちは那覇空港ではなく、研究施設がある普天間基地に、専用機で直接降り立った。訪れた目的はＳ装備の運用試験を視察するためだ。

「獅童、此花。お前たちが注意すべきは米国側の動きだ。Ｓ装備は日本が続けてきた隠世《かくりよ》と刀使に関する研究技術の結晶。奴らはその成果を欲しがっている。強硬手段に出る可能性もあるだろう」

「お任せくださいませ、紫様」と此花寿々花。

「そのような事態は、ボクが必ず防いでみせます」と獅童真希。

忠実な親衛隊二人は責任感に満ちた口調で答える。しかし真希が『我々が防ぐ』ではなく、『ボクが防ぐ』と告げたことに、二人の関係性が滲《にじ》み出ていた。

親衛隊という組織はできて間もない。そのため彼女たちにはまだ仲間という意識が薄い。ましてこの二人には、かつて御前試合で覇を競った因縁があった。

そしてもう一人——

沖縄に到着した刀使がいた。

「あー、もう飛行機でジッとしてるのって、ちょー疲れる！　やっと着いたぁ！」

那覇空港で飛行機から降りた少女は、体格も大人と呼ぶには程遠く、顔つきも幼い。彼女はまだ十二歳。小学六年生だ。しかし、腰に帯びた御刀《ニッカリ青江《あおえ》》が、その少女が刀使であることを証明している。

「紫様、いい子にして命令を聞いたら、いつか強い刀使と戦わせてくれるって言ってたけど……今すぐ戦いたいのにー！」

少女の名前は燕結芽《つばくろゆめ》。

神童と呼ばれた刀使である。

第一章

その夜、研究施設で事件が起こった。

巡回中の刀使《とじ》の一人が、S装備が保管されているドックで、侵入者を見つけたのだ。

その刀使は侵入者を問い詰めた。ところが次の瞬間、捕獲用ネットを背後から浴びせられた。侵入者は一人ではなく、複数人いたのだ。十数人の男たちが一人の刀使を取り囲んだ。

刀使の少女は網に絡まって動きを制限されたが、迅移《じんい》――刀使の特殊能力の一つで、常人の何倍もの速さでの運動を可能とする――を使って、侵入者たちに抵抗しようとする。

しかし侵入者たちは、彼女にサブマシンガンで銃弾の雨を浴びせた。迅移を使えば、刀使は常人より速く動けるが、初速から銃弾の速度を超えることはほぼ不可能だ。

彼女はギリギリのタイミングで写《うつ》シを発動したため、銃弾を浴びても死ぬことはなかった。しかし平均的な能力の刀使では、写シを使えるのは一回か二回程度である。刀使の少女は、サブマシンガンの乱射で写シを使い切った上に、銃弾に弾かれて御刀《おかたな》を手放してしまった。

刀使は御刀を媒介として、様々な能力を発揮する。御刀を手放した刀使は、運動能力が少し高いだけのただの人間と変わらない。その状態で銃口を向けられれば、抵抗することもできない。

男たちは刀使の少女に手錠と口枷《くちかせ》を掛けて拘束した。

捕らえた刀使を見下ろしながら、侵入者の一人が言う、

「刀使なんて言っても、ちゃあんと武器を運用して戦えば、この様《ざま》よ。この子は私の部屋に監禁しておきなさい」


テスト装着者としてやってきた北斗と栖羽だが、運用試験は翌々日から行われることになっているため、二人は待機を命じられた。

研究施設の中に宿泊させられるだろうと北斗は思っていたが、宜野湾《ぎのわん》市のホテルの一室を宿泊場所としてあてがわれた。研究施設には日本だけでなく米軍の機密も多く保管されている。そんなところに外部の人間はできる限り置いておきたくないのだろう。北斗たちはS装備の運用試験以外で、研究施設に立ち入ることを禁じられた。

翌朝、北斗はホテルのレストランで朝食を食べた後、自室でリディアからもらったS装備の資料を読んでいた。

S装備は日米の協力で作られている。日本からは折神家《おりがみけ》、米国からはDARPA《国防高等研究計画局》が資金と技術を提供し、リチャード・フリードマン博士が中心となって開発が行われていた。しかし現在、フリードマン博士は既に研究施設を去っており、今は古波蔵《こはぐら》公威《きみたけ》博士と古波蔵ジャクリーン博士の夫妻が、研究開発を担っている。

北斗はS装備が持つ機能に目を通していく。まずは刀使の能力を――

そこまで読んだ瞬間、部屋のドアがノックされた。

「北斗さーん！　北斗さん北斗さん北斗さん北斗さん北斗さーん！」

「…………」

「北斗さーん！　寝てるんですかー⁉　北斗さん北斗さん北斗さーん！」

うるさい。とてもうるさい。

ドアの向こうから聞こえてくるのは栖羽の声だった。

北斗は仕方なくドアを開ける。案の定、廊下に栖羽が立っていた。

「どうしたの？」

「北斗さん、遊びに行きましょう！」

「……は？」

「S装備の運用試験は明日なんですよね？　じゃあ、今日は何も予定ないですよね？　だったら遊びに行きましょう！」

「いえ、やることがあるから」

北斗は淡々と答える。

「え？　何かあるんですか？　私は何も聞かされてないですけど……」

「午前中はＳ装備の資料を読み込んで、午後からは剣術の鍛錬よ。夜は明日に備えて早めに休むわ」

「……えぇ……」

栖羽はドン引きした表情を浮かべた。北斗としては、何もおかしなことを言ったつもりはないのだが。

「せっかく沖縄に来たんですから、遊んだり観光したりしないと！　Ｓ装備のことなら、明日の運用試験の時に大人が教えてくれますよ。それにトレーニングなんていつでもできるじゃないですか！」

「いつでもできる……？」

その言葉は聞き捨てならない。

北斗は栖羽の腕を取り、部屋の中に引き入れた。そして栖羽を部屋の端に追い詰めるようにしながら、滔々《とうとう》と語る。

「確かにトレーニングはいつでもできるわ。でも今日のトレーニングは今日しかできないの。人間の時間は有限で、しかも時間は巻き戻ったりしない。今日一日トレーニングをしなければ、一日分だけ腕が鈍《なま》る。毎日トレーニングをサボらなかった人に比べて、一日分だけ差をつけられるわ。逆に私が今日サボらずに鍛錬を行って、もし自分より強い人が今日一日鍛錬をサボれば、一日分だけ私はその人に追いつくことができる。だから一日も欠かさず剣の鍛錬を積むことが重要で」

「ひ、ひぃ……」

「加えてトレーニングには最も効果がある時間帯や方法があるわ。それらを考慮しながら、最も適切なやり方を習慣として続けていくことが重要なのよ。強くなるためには、自分のすべてを捧《ささ》げて完璧な計画の下に鍛錬をすることが必要」

「は、はぁ」

「スポーツ科学によれば技術を体で覚えるということは小脳に記憶された動作が短期記憶の領域から長期記憶の領域に移るということで繰り返し学習の重要性が」

「あわわわ……」

栖羽を壁際に追い詰め、ドンッと壁に手をついて話し続ける。

「肉体の強化についても超回復の時間などを適切に考えることがより効率的な鍛錬に結びつくからトレーニング時間の習慣を計算して」

「わかりました！　毎日トレーニングすることの重要さはわかりましたからぁ！」

「それなら、いいわ」

北斗は栖羽から離れ、椅子に座ってS装備の資料の読み込みを再開する。

「…………じゃあ、私もここにいていいですか？」

栖羽がおずおずと尋ねる。

「別に構わないわよ。あなたがどこで何をしていようと、あなたの勝手だから」

そう答えたことが間違いだったと、北斗は後悔することになる。

栖羽はとにかく集中力がない。彼女も自分の部屋からS装備の資料を持ってきて読み始めたが、すぐに飽きて、部屋の中を無駄にウロウロしたり、備え付けの冷蔵庫を勝手に開けたり、テレビをつけたりする。

そのうえ、「あー、遊びに行きたいー」「ビーチは楽しそうだなー」「遊びに行きたいなぁ……」「泳いだらきっと気持ちいいだろうなぁ」「普天満宮《ふてんまぐう》に行ってみたいなぁ」「沖縄グルメを楽しみたいなぁ」「でも一人じゃつまらないしなぁ」などと、やたらと独り言をつぶやく。

追い出そうかと思ったが、「どこで何をしていようとあなたの勝手だ」と言ってしまったのは北斗だ。

「はぁ……」北斗はため息をついた。「わかったわよ。少しだけ付き合ってあげるわ」

「え？」

「遊びに行くの、付き合ってあげると言ってるのよ。でも、少しだけね。ちゃんと今日のトレーニングもしないといけないから」

「……！」

栖羽は目を輝かせた。

「沖縄と言ったら、やっぱりこれを食べないとですね！　タコス！」

北斗と栖羽がやってきたのは、ファーストフード店と定食屋の中間のような店だった。タコス専門店だという。とうもろこし粉から作った生地で、挽肉《ひきにく》やキャベツやトマトなどの具材を包んだタコスは、沖縄ではメジャーな軽食である。

「私が知ってるタコスと違うわ……」

彼女の知っているタコスは、柔らかい生地で具材を包んだ、小さめのクレープのようなものだ。ところが、目の前にあるタコスは生地がパリパリに硬く、具材を包んでいるというより載せている感覚に近い。

北斗はテーブル脇に御刀を置きつつ、椅子に座る。栖羽は「今日はオフなので！」と言って御刀を持ってこなかったが、北斗は何かあった時のために律儀にも御刀を持ってきていた。

「北斗さんが言ってるタコスは、多分メキシコ風なんだと思います。生地が硬いのはアメ

リカ風です。沖縄ではアメリカ風のタコスが主流なんですよ」

「あなた、なんでそんなに詳しいの……？」

「沖縄に行くことが決まって、食べ物とか観光地を調べまくりましたから！」

「それと同じくらいの情熱で、S装備の資料も読み込むべきね」

「いやー美味しいですね！　おやつみたいな感じでいくらでも食べられますね！」

栖羽は聞こえないふりをして、タコスを口に運ぶ。タコスは二口分くらいのサイズだが、生地が硬いため、具材がポロポロと落ちる。

「ほら、こぼしてるわよ。口の周りも」

北斗はティッシュで栖羽の口の周りについているソースを拭い、テーブルも拭く。やはり手のかかる子供のようだ。

「わわ、すみません」

「しょうがないわ。これ、こぼれやすいもの」

北斗も一つタコスを食べてみたが、こぼさずに食べるのはかなり難易度が高い。

「あと、タコライスも頼んでいいですか⁉」

「タコライス……？」

「タコスの具をご飯に載せた料理です」

「それもメキシコ料理なの……？」

「タコライスは完全に沖縄のオリジナルです。パンフレットによると、もはや沖縄の郷土料理と言っても過言じゃない！　だそうですよ」

「メキシコ料理から郷土料理を生み出す……この土地の人たちの大らかさを感じるわ……」

「すみません、タコライス一つ！　チーズ、野菜、トマトまで全部載せで！」

栖羽はカウンターに追加注文する。


半時間後、ふらふらしながら栖羽は店を出た。

「食べすぎました……」

「タコライスだけでも相当な量だったのに、タコスまであんなにパクパク食べたりするからよ……」

北斗は手のかかる少女に呆《あき》れた目を向けながらも、彼女の背中をさする。

「ああ、ちょっと楽になりました……ありがとうございます、北斗さん……。はぁ〜、ビーチに行きたかったんですけど、これじゃ無理ですね……今泳いだら吐きます。絶対に吐きます」

「公共の場を汚すのは感心できないわね。それに私は水着を持ってきてないわ」

今回沖縄に来るにあたって、北斗は荷物の中に水着など入れていなかった。

「ええ⁉　なんで持ってこないんですか⁉」

「遊びに来たわけじゃないもの。泳ぐことなんて考えてなかった」

「せっかく沖縄に来たのに……」

今度は栖羽が北斗に呆れた目を向けた。

「なぜそんなに呆れた顔をされるのかわからない」

「それがわからないって、北斗さんけっこう感覚がおかしいのでは」

心外だ、と北斗は思う。

「あ、じゃあ、あそこに行ってみましょう！　普天満宮！」

栖羽は道路の向かい側にある神社を指さした。


普天満宮は琉球八社の一つとされる、沖縄で有名な神社だ。境内に鍾乳洞《しょうにゅうどう》があることが特徴で、その洞窟内に奥宮が置かれている。

洞窟に勝手に入ることはできない決まりになっていて、神社の巫女《みこ》に案内されて入る。

栖羽は洞窟内の奥宮に、ずいぶん熱心に願い事をしているようだった。

参拝が終わって洞窟を出た後、北斗は尋ねてみた。

「何をそんなに願っていたの？」

「それはもう、いろんなことですよ！　テストでいい点数とれますようにとか、将来お金持ちになれますようにとか、コンサートのチケットが当たりますようにとか！」

ものすごく俗な願いだった。

「あとは……できるだけ荒魂《あらだま》と戦わないで卒業できますようにとか。あんまり任務の召集がかかりませんようにとか」

「……伊南さん、あなたは荒魂と戦うのが嫌なの？」

「そりゃあ嫌ですよぅ。だって怖いじゃないですか。戦ってる途中で怪我したら痛いですし、運が悪かったら死んじゃうかもしれないですし」

「…………」

確かに荒魂と戦うことには危険が伴う。おそらくほとんどの刀使が恐怖を感じながら、戦っているだろう。しかし誰もが危険も恐怖もわかった上で、刀使をやっているのだ。

任務で荒魂と戦うことが刀使の存在価値だ。荒魂と戦わないなら、刀使である必要はない。

「あなた、荒魂と戦うのが嫌なら、なぜ刀使になったの？」

「……あんまり言いたくないんですけど、北斗さんだから話しますけど」栖羽は気まずそうに目を伏せる。「なんとなくです。小学生の頃にスポーツみたいな感じで剣術を始めて……腕前だって平均くらいだったのに、鎌府《れんぷ》女学院《じょがくいん》に入ってみないかって話が来たんです。そしたら御刀に選ばれて、あれよあれよという間に、いつの間にか刀使になってました」

神社の境内を囲む木々の中から、蟬《せみ》の鳴き声が聞こえていた。本州と変わらない鳴き声のように思えるが、微かに聞き覚えのない音が混じっている。

「私、あんまりよく考えてなかったんですよ。荒魂と戦うこととか、刀使の任務とか……こんな大変な役目だったら、私なんかが刀使になるべきじゃなかったって思っちゃいます。私、剣術だって鎌府女学院で中の下ですよ。それなのになんで私がS装備のテスト装着者に選ばれたんだろうって不思議に思ってたんです。比較用サンプルとしてだったみたいですね」

伍箇伝《ごかでん》各校で生徒の実力に大きな違いはない。鎌府女学院に特に強い生徒が集まっているわけではないのだから、栖羽の実力は刀使全体でも中の下程度なのだろう。

北斗は平城学館《へいじょうがっかん》内で上位の実力者だった。つまり刀使全体の中でも優秀な部類に入る。

栖羽がテスト装着者に選ばれた理由に関し、リディアは「比較対象だろう」と言った。S装備の運用試験に関し、優れた刀使と平均以下の刀使という二種類のサンプルを用意したということだろう。

「まあ、私のことはどうでもいいじゃないですか」少し重い空気になってしまったのを振り払うように、栖羽は明るく言う。「それより北斗さんは神様に何かお願いしたんですか？」

「……強くなることよ」

北斗が望むのはそれだけだ。

強くなれるなら、どんな代償を払っても構わない。

もしも、誰よりも強い刀使になれる代わりに、あらゆる幸福——恋愛だとか、美味しい食事だとか、様々な娯楽の楽しさだとか——を失う呪いがあるとする。そうしたら、北斗はその呪いをかけてくれと懇願するだろう。

「迷いなくそう言えるって、北斗さんはすごいです」

「刀使なんだから、強くなりたいと思うのは当然でしょう」

「当然……ですよね。私は刀使の任務や剣術に、そこまで思い入れを持てないんです。ほんと、刀使に向いてないですよねぇ」

栖羽はちょっと凹んでいるようだった。

折神紫《ゆかり》と獅童《しどう》真希《まき》、此花《このはな》寿々花《すずか》は研究施設の一室にいた。

S装備開発の中心人物である古波蔵公威から、運用試験に関する説明を受けているところだ。

「これがS装備の性能……凄まじいな」

真希は公威から渡されたS装備のスペックデータを、食い入るように見つめる。

「金剛身《こんごうしん》による防御力の強化、八幡力《はちまんりき》による攻撃力の強化を基本として、他にも戦闘をサポートする様々な機能が搭載されていますわね」

寿々花もS装備の性能に驚いている。

『金剛身』も『八幡力』も、本来は刀使固有の能力だ。御刀を媒介として隠世《かくりよ》から力を引き出し、金剛身は身体の耐久力を上げ、八幡力は膂力《りょりょく》を上げる。

「全性能《フルスペック》を引き出すことができれば、装着者は金剛身と八幡力を共に第五段階まで使用可能になります」

公威がモニターにデータを表示しながら説明する。

金剛身と八幡力は、段階が上がるごとに強力になる。第三段階で、金剛身なら銃弾を受けても無傷でいられるほどの耐久力、八幡力なら自動車レベルのパワーを発揮可能だ。

しかし、それを超える第四段階の金剛身や八幡力を使える刀使は、全国に数えるほどしかいないだろう。まして、両方を第五段階で使える刀使など、この世に存在するのだろうか。

真希は隣にいる自らの主《あるじ》――折神紫を横目で見る。最強の刀使と言われるこの人なら、あるいはできるのだろうか、と思う。モニターを見つめる紫からは、S装備の性能に驚いている様子も見えない。

「つまりぃ、このS装備を使えば、一般人でも刀使と同等の強さになれるってことねぇ?」

壁に背をもたせかけ、気怠げな声でそう言ったのはリディア・ニューフィールドだ。

リディアはDARPAの研究員であり、今回は米国側の監督役として運用試験に同席することになっている。

リディアの言葉に対し、公威は首を横に振った。

「単純に刀使と同等と言うことはできません。刀使には金剛身や八幡力以外にも、迅移や明眼《みょうがん》などといった異能もありますから。ですが、S装備を使いこなせる人間は、刀使でなくとも荒魂を討伐可能な戦闘力を発揮できるはずです」

「ふぅん、それはすごいわぁ」

リディアは頷く。その口調には、どこか興味なげな平淡さがあった。

「一般人でも荒魂と戦えるレベル……でしたら、刀使が装備すればどれほどの強さになるのですか?」

寿々花はS装備のデータを見ながら尋ねる。

答えたのは、これまで無言だった紫だった。

「此花、想像してみろ。お前が頭に思い浮かべる平均的な実力の刀使に、このS装備の性能を上乗せしたら——お前は勝てるか?」

寿々花は、全国の刀使が剣技を競い合う折神家御前試合の二年連続準優勝者だった。彼女もまた刀使の頂点に限りなく近い実力者である。

しかし、

「……そうですね、おそらく正面からの単純な勝負では勝てませんわ。獅童さんでも負けるのではないかと思われます」

寿々花はそう答えた。

真希は何も反論しなかった。

このＳ装備を使いこなせれば、平均的な刀使が最強クラスになれるというわけだ。

「ですが問題は、使用者に暴走の危険性があることです。開発初期から懸念されていた問題点ですが、結局解消はできませんでした」

公威博士はやや苦い口調で言った。

開発が始まった時、Ｓ装備には二タイプの完成形案があった。

一つは電力を使って作動させるタイプ。しかし、このタイプでは出力を高めることができず、八幡力・金剛身は第二段階が限界だった。加えて、消費する電力量が大きいため、大容量のバッテリーを使っても稼働時間がかなり短い。

そしてもう一つのタイプが、御刀の素材――珠鋼《たまはがね》を使うタイプである。こちらは電力よりもはるかに高い性能を発揮できる。しかも電力と違い、珠鋼のエネルギーは無尽蔵で、稼働時間に制限がない。

開発は後者のタイプを目指して進められることになり、今回完成して運用試験が行われるのは、この珠鋼搭載型のＳ装備だ。

しかし珠鋼搭載型の問題点は、使用中に珠鋼と装着者の肉体が融合に近い状態になること。それによって精神と肉体が侵される可能性があること。電力稼働型には、そのような問題点はない。

「S装備のフルスペックを発揮した場合、暴走する確率が約三パーセント……優秀な刀使ほどS装備の性能を引き出せる場合が多いため、つまり優秀な刀使ほど暴走の危険性が高くなります。もし暴走によって、テスト装着者の刀使が制御不能になった時、この研究施設にいる刀使では、おそらく鎮圧することができません」

公威の言葉には、はっきりと警告の意思が込められていた。

しかしそんな公威に対し、リディアはお気楽とも言える態度で返す。

「ふふ、大丈夫よぉ。もし暴走が起こっても、私たちがなんとかするわぁ」


宜野湾市には鉄道が通っていない。公共交通機関としてバスはあるのだが、初めて訪れた土地ではバスの経路はわかりにくく、使い難《にく》い。そのため北斗たちは、普天満宮から歩いてホテルへ帰ることにした。

「ごめんなさい、ちょっと休ませてもらえるかしら」

その道中、北斗は栖羽にそう言った。

「疲れたんですか、北斗さん？　もー。実は体力ないんですね！」

栖羽が北斗の脇をつつく。

少しイラッとした。

「……疲れたというより、膝に痛みが出始めたの。少し休まないと、この後のトレーニングができなくなる」

「膝の痛み？」

「右膝に怪我があってね。長い時間運動すると痛み始めて、脚がほとんど動かなくなる」

「そうなんですか⁉　うわわ、ごめんなさい、私がいろいろ連れ回しちゃったせいで！」

ペコペコと頭を下げる栖羽。

「謝ることなんかないでしょう。私は怪我のことを言ってなかったんだから」

「でも、とにかく休憩しましょう！」

北斗たちは道路脇の小さな公園のベンチで休むことにした。

「どうぞ！　熱中症になるといけないので」

栖羽は自動販売機で買ってきたスポーツドリンクを北斗に差し出す。言動は子供っぽいが、意外に気配りができる。

「……ありがとう。お金、払うわ」

「いえ、いいです！　連れ回しちゃったお詫《わ》びです！」

結局、栖羽はお金を受け取らなかった。

北斗はスポーツドリンクを飲みながら、ふぅと一息つく。

空は青く、遠くに少し雲が見える程度の晴天だ。ジッとしていても、肌に汗が滲《にじ》む。

「あれ？　あれあれぇ？」

公園を通りかかった少女が、北斗たちの方を見て声をあげた。

彼女は公園に入り、ベンチの傍に来て、北斗の御刀を指さす。

「これ、御刀だよね⁉　もしかしておねーさんたちも刀使なの？」

北斗は少女に目を向けた。まだ小学生程度ではないだろうか。明るい髪の色と切れ長の瞳が特徴的だ。どこか作り物めいた美しさを感じる少女だった。彼女の容姿も充分に目を引くものだが、それ以上に北斗は彼女が腰に帯びているものに目を留めた。

御刀だ――。

北斗は少女の問いに答える。

「ええ、そうよ。あなたも刀使？　普天間研究施設の所属かしら？」

「ブッブー！　刀使なのは合ってるけど、研究施設の刀使じゃないよ。綾小路《あやのこうじ》から来たんだ」

綾小路武芸学舎《ぶげいがくしゃ》。伍箇伝の一つで、京都に設置されている学校だ。伍箇伝の中で最も歴史が古く、確か綾小路武芸学舎には初等部がある。おそらく、そこの刀使なのだろう。

しかし、なぜ京都の刀使がここにいるのか？　北斗が不思議に思っていると、

「あ、あ……ああああ！　も、もしかして……燕結芽《つばくろゆめ》……さん？」

栖羽の口から震えた声が漏れる。

「あれ？　おねーさん、なんで結芽の名前知ってるの？」

「む、昔、私が通っていた道場が、交流試合をした時……相手方に燕さんがいて。ものすごく強くて……」

栖羽は小学生の頃から剣術道場に通っていたが、その道場が天然理心流《てんねんりしんりゅう》の道場と交流試合をすることになった。

その時、相手方の道場に燕結芽がいたのだ。彼女は栖羽より一歳年下で、交流試合に来ていた者の中では最も幼かった。それにも拘《かか》わらず、誰も結芽に勝てなかった。伍箇伝に通っていた中学生の刀使までもが敗北した。

「でも、燕さん、病気だったんじゃ……⁉」

交流試合であまりにも強かった燕結芽の顔と名前は、その後も栖羽の脳裏に焼き付いていた。そしてしばらく後、風の噂《うわさ》で彼女が重い病気を患ったことを聞いたのだ。天才的な少女だったのに、もう長くないだろう――と。

「ああ、病気は」結芽は一瞬、忌々しげに顔を歪《ゆが》めた。「治ったよ。それより、交流試合……？　うーん、そんなこともあった気がする。おねーさん、なんて名前？」

「伊南栖羽です……一応私も、燕さんと戦ったんですけど……手も足も出ませんでしたけど」

「伊南？」結芽は少し考えて、「覚えてないや。ぜーんぜん記憶に残ってない！　おねーさん、よっぽど弱かったんだね。弱い人のことなんて、覚えてても意味ないし。あはは」

人を食ったような笑みを浮かべる結芽。

「あ、あはは！　ですよねー！」

栖羽は引きつった愛想笑いで返す。

「取り消しなさい、燕結芽」

鋭い声を発したのは北斗だ。

「北斗さん……？」

栖羽が意外そうに北斗を見る。

「確かに伊南さんは弱いように見えるわ。私も弱いと思うわ。プロフィールを見せてもらったけど、実際すごく弱いわね」

「あの、北斗さん、ひどいです」

しゅんとする栖羽の横で、北斗は言葉を続ける。

「でも、弱いことを馬鹿にしないで。今は弱くても、いつか強くなれるかもしれない」

人間は努力を積むことで強くなれる唯一の動物だ。今は弱くても、きっと強くなれる
――それは北斗自身に言い聞かせる言葉でもあった。

「ふぅん……ねえ、おねーさんたち、どこの学校の刀使なの？」

「鎌府女学院です……」

「平城学館よ」

「ああ、おねーさんたちって、S装備のテスト装着者としてここに来た人たち？」

「運用試験のこと、知っているの？」

あまり大々的に公表されている情報ではなかったはずだ。

「うん、知ってるよ。結芽はそのために呼ばれたんだから」

テスト装着者は栖羽と北斗だけだから、結芽には何か異なる用事があるのだろう。初等部の刀使に何をやらせるつもりなのかは、わからないが。

「テスト装着者は、強い人と普通の人の二人がやるって聞いたよ。ということは、あなたがその強い方の刀使なんだ」

結芽は愉快な玩具《おもちゃ》を見つけた子供のような目を、北斗に向けていた。

「伊南さんとの比較で言うなら、私の方が強いと思う」

「そっか。じゃあさ、手合わせしようよ」

結芽は腰に帯びた御刀に触れ、栖羽の方を一瞥《いちべつ》し、

「こっちのおねーさんは御刀を持ってないから、戦えるのはあなただけだしね」

そして再び北斗に視線を戻す。

「……あぁ、御刀持ってきてなくてよかったぁ……」

栖羽は小声でつぶやき、安堵《あんど》の吐息を漏らしていた。

結芽の視線を受け止め、北斗はベンチから立ち上がる。

「いいわ。立ち合いましょう」


栖羽は結芽に対して怯《おび》えた態度を見せるが、相手は小学生だ。少し生意気な子供を注意してやろうという気持ちで、北斗は勝負を受けた。

幸い公園の中には北斗たち以外に人はいない。

「いいんですか、北斗さん？　脚は……」

心配する栖羽に、北斗は首を横に振る。

「大丈夫よ、一回の立ち合いくらい受けられる」

北斗と結芽は御刀を抜いて対峙《たいじ》し、写シを張った。

開始の合図を出してくれる審判はいない。どのタイミングで仕掛けるかは、完全に剣士に委ねられている。

空気の緊張感が高まり、その緊張が臨界点を迎えた瞬間、弾けるように北斗が動いた。

結芽が幼いながら写シの技術を修得していることに、北斗は感謝した。写シを張っているなら、斬っても怪我をすることはない。一撃で勝負を決めるべく、全力で御刀を叩き込んだ。

同時に、白刃が空中に美しい線を描き、鋼の打ち合う高音が響いた。

t o j i n o m i k o

r y u k y u k e n p u r o k u

結芽の御刀が北斗の一閃《いっせん》を受け流したのだ。

初手で勝負を決められなかったことに、北斗はわずかに動揺する。初等部の刀使がこの一撃を防げるとは思わなかった。

さらに数合、二人は斬り結ぶ。

そして北斗は自分が押されていることに気づいた。

（この子……強い！　初等部レベルどころか、平城の高等部でもこれほどの刀使は滅多にいないわ……！）

斬り結ぶ中で、北斗は迅移を発動して運動速度を上げる。すると対抗するように、結芽も迅移を発動した。

（迅移まで使えるのね……！）

結芽の一撃を御刀で受け流し、北斗は彼女の背後の死角に移動して上段から斬り下ろす。無外流《むがいりゅう》の玄夜刀《げんやとう》と呼ばれる技の変形だ。だが結芽も北斗を見失わず、その動きに対応していた。結芽は北斗の斬り下ろす剣に対し、下から御刀を突き上げる。天然理心流の技の一つ、虎逢剣《こおうけん》である。

二つの剣技が交差し、敗れたのは北斗だった。北斗は胸元を貫かれ、写シを解除される。

怪我はないが、剣を受けたダメージは残っている。

「ぐっ……うぅ……」

強い。

この強さは、あの獅童真希と同等か、いや、それ以上——？

地面に倒れた北斗を、結芽は無感情な瞳で見下ろしていた。

「北斗さん、大丈夫ですか⁉」

栖羽が北斗に駆け寄る。

「なぁんだ、この程度かぁ」

結芽は退屈そうにつぶやいた。

北斗は気づく。この少女は、さっきの立ち合いでまったく本気を出していなかったのだ。

おぞましいほどの強さを持つ童女は、薄く笑みを浮かべて北斗と栖羽に言う。

「おねーさんたち、運用試験で暴走しちゃったらいいのに」

「暴走……？」

聞き慣れない言葉を、栖羽は鸚鵡《おうむ》返《がえ》しする。

「あれ、知らないの？　おねーさんたちが試験することになってるS装備はね、フルスペックを発揮すると暴走する危険性があるらしいよ。そしたら正気を失って、どうなっちゃうかわかんないいんだって」

「え……？」

栖羽は知らなかったようだ。リディアから渡されたS装備の資料に記載があったため、それを読んでいた北斗は知っていた。

「暴走してＳ装備の全力を発揮した状態なら、おねーさんたちともっと楽しく遊べそうだもん。運用試験、明日なんだっけ？　期待してるね」

可愛らしい笑顔と無邪気な口調で残酷に告げて、結芽は公園から立ち去っていった。

「……っ」

北斗は奥歯が砕けそうなほど歯を食いしばる。そうでもしなければ悔しさで叫び出してしまいそうだったからだ。

負けた。

また負けた。

私は弱い。

強く。

強くならなければ——。

第二章

朝比奈《あさひな》北斗《ほくと》が強さに執着するようになったことには、明確なきっかけがあった。

平城学館《へいじょうがっかん》に入ったばかりの頃、北斗は決して目立つ刀使《とじ》ではなかった。真面目な努力家ではあったが、実力は平均より少し上程度で突出したものではなく、そして今ほど強さに執着してはいなかった。

普通の中学生と同じように、勉強もするし、休日に友達と遊びに行ったり、放課後に寄り道をすることもある。そんな普通の生活の中で、刀使としての任務に向けて、剣術の訓練に励んでいた。

一言で言えば、凡庸な刀使だった。抜きん出た才能があったわけでもなく、家柄も性格も普通。

ただ、憧れていた先輩がいた。高等部三年生の刀使だった。刀使としての任務に誇りを持ち、誰よりも懸命に任務を行っていた。強くて、自分にも他人にも厳しくて、周囲の人たちを寄せ付けない雰囲気を纏《まと》った人。そんな人だったから、彼女を怖がっている生徒は多かったけど、北斗は自分の生き方に迷いを持たず凛《りん》として生きる彼女の姿を美しいと思った。

凡庸な刀使だった北斗の在り方が変化したきっかけは、その先輩だった。

北斗が初めて荒魂《あらだま》討伐の任務にあたった時のこと――

当時、北斗は中等部の一年生。奈良県音羽《おとわ》山中に出現した荒魂を討伐する任務だった。平城学館で討伐隊を編制し、北斗がその一員となった。そして部隊長を、北斗が敬愛する先輩が務めることになった。

発生した荒魂は、やや大型のものが複数体。先輩はこれまでもっと難易度の高い任務をいくつかこなしていたから、大きな問題はないだろうと思われた。

北斗は、身も蓋もない言い方をすれば、荒魂討伐を経験させるために参加させられただけだった。初めて任務に臨む中等部一年生の刀使など、戦力としては期待されていない。

しかし先輩は北斗に、荒魂との戦いにおける注意点や心得を厳しく教え込んだ。

「刀使なら、一分一秒だって無駄にしてはいけない。初任務だから何もできないことを恥じる必要はないが、せめて何かを学んで帰れ」

彼女はそう言った。

任務は順調に進んでいった。荒魂たちの居場所を特定し、包囲して殲滅《せんめつ》する。

しかし、包囲の陣形を組むために山中を移動する中で、部隊の足並みが揃《そろ》わず、北斗は一人はぐれてしまった。

そして包囲陣を逃れた一体の荒魂が、北斗の前に現れた。人間の背丈をはるかに超える、見上げるような巨大な異形。有機物なのか無機物なのかも判然としない、不気味な赤黒い体の化け物。

北斗は御刀《おかたな》を抜き、立ち向かおうとした。

しかし人外の存在に対し、北斗程度の剣の腕では何の役にも立たなかった。

助けて。

誰か——

そう願ったら、本当に助けが来たのだ。

「すぐに逃げろ」

先輩だった。

部隊を離れ、彼女は一人で北斗を救助に来てくれた。

北斗は御刀を構え、共に戦おうとした。しかし先輩がそれを許さなかった。

「お前の力では役に立たん。いない方が私も全力で戦える。早く行け！」

彼女が敵を引きつけている間に、北斗はその場を離脱した。

部隊の他の仲間を呼んで北斗が戻ってきた時、荒魂は倒された後だったが、彼女は重傷を負っていた。

命に別状はないが、刀使としての任務は続けられないだろう——医師はそう判断した。

「気にすることはない。私はもうすぐ卒業だしな。卒業後は刀使以外の生き方を探そうと思っていたんだ。ちょうどいい機会だった」

彼女は病室のベッドに横になりながら、見舞いに来た北斗にそう言った。

嘘《うそ》だ。

彼女ほど懸命に任務をこなしていた人間が、刀使をやめようと思いながら御刀を振るっていたはずがない。

「朝比奈、お前は筋がいい。私が逃げろと言ったら、ちゃんと命令をこなせた。しかも救援を連れて戻ってきた。百点満点中の百二十点だ。お前は良い刀使になれるぞ、私が保証する。だから、これから強くなればいい」

彼女は笑った。

北斗は泣いた。

先輩が笑顔を見せたことなんて、後にも先にもこれだけだ。

北斗が人前で泣いたことも、後にも先にもこれだけだった。

自分の弱さが、無力さが、悔しかった。あの時、先輩と一緒に戦えるだけの力があれば、きっと彼女がここまで重傷を負うことはなかった。

（私が、こんなに弱くなかったら……！　もっと強かったら……！）

強く。

強くならなければ——。


そして二年後、中等部三年になった北斗は、沖縄で御刀を振るっている。

北斗たちが宿泊しているホテルは、沖縄県宜野湾《ぎのわん》市西部の海浜公園の隣に建っている。

夕食を終えた後、北斗は室内で筋力トレーニングを行い、その後公園に出てずっと御刀を振るっていた。

時間はもう夜。昼間の暑さも少しやわらいでいる。

剣術の一つ一つの型を確認しつつ、それを実戦の中でどのように使うか考えながら御刀を振るう。刀使が戦う相手は人間ではなく、荒魂という化け物であるため、相手が人間とは異なる攻撃をしてくる場合も想像して、剣技をアレンジしなければならない。

一人で剣技の型を確認した後、栖羽《すう》に相手役になってもらって、立ち合い稽古を行う。

しばらく後、栖羽がへばってその場に座り込んだ。

「疲れましたよぅ、休みましょうよ～、北斗さーん」

「まだまだ続けられるわ」

「私がもう限界です～……このままじゃ疲れて明日のS装備運用試験ができません～……」

「……それはいけないわね。じゃあ、あなたは休んでなさい」

北斗は一人での型稽古に戻る。

「というか北斗さん、膝は大丈夫なんですか。すごく長い時間トレーニングしてますけど」

「下半身に負担をかけないよう、気を遣いながらやっているから」

「いや、それにしてもやりすぎですよ！　昼に燕《つばくろ》さんに負けたのがショックだったのはわかりますけど……」

「燕さんは関係ないわ」もちろん燕結芽《ゆめ》に敗れたことは衝撃ではあったが。「これくらいの訓練、毎日やってることだもの」

「毎日⁉　エブリデイ⁉」

「なぜ英語で言い直すのかわからないけど、ええ、毎日よ。言ったでしょう、訓練はサボると、すぐ強い人に差をつけられる。弱い人には追いつかれる。私は才能が高い刀使じゃない。だから強くなるためには、一日も欠かさず、他の人よりも多く訓練しないといけない」

「私は、そこまで一生懸命になれません……」

「……そうね……でも、これが私の生き方よ」

ただ、強くなりたいから。


翌日、北斗と栖羽は研究施設内にある試験場にいた。

広さは五十メートル四方ほど。天井の高さも三十メートル以上ありそうだ。かなり広い部屋である。しかしその広い部屋の中には調度品も何も置かれておらず、壁も白一色で、飾り気がまったくない。壁の一面に小さな出入り口があるだけだ。

天井と壁の各所に監視カメラがつけられており、北斗と栖羽の動きを様々な角度から記録できるようになっている。

そして、二人が身につけているものは――S装備《ストームアーマー》。御刀の素材である珠鋼《たまはがね》を内蔵し、戦闘をサポートする能力を発揮する。

「うう、心配だなぁ。燕さんが言ってたこと……暴走って。どうなっちゃうんだろ……。映画だと『暴走したら容赦するな、処分だ！』とか、あるある展開だし……。生き延びても学長が『紫《ゆかり》様の前で醜態を晒《さら》しただと⁉　死刑！』って言いそうだし、お先真っ暗……はぁ〜〜〜……」

栖羽は盛大にため息をついた。彼女は自分が暴走状態に陥って殺される姿を、頭の中で思い描いているようだ。

しかし、そんなわけがない。非合法な秘密実験を行っているわけではないし、この運用試験は特別刀剣類管理局《とくべつとうけんるいかんりきょく》の――つまり国の管理下で行われている。たとえ暴走して試験が失敗に終わっても、テスト装着者に対して非道な処置を行うとは思えない。

「心配しなくても大丈夫よ」

「でもぉ……」

「だいたい、もし暴走しても、問題を起こす前に私が止めてあげるわ」

昨夜の訓練中の立ち合いで、栖羽の実力はわかっている。暴走しても、止められるだろう。

「ほ……北斗さ～～～ん!! ありがとう～～～～!」

「ち、ちょっと!? 抱きつかないで!」

北斗たちがいる試験場の様子は、カメラを通して管理制御室のモニターに表示されている。管理制御室には折神《おりがみ》紫、獅童《しどう》真希《まき》、此花《このはな》寿々花《すずか》、リディア・ニューフィールド、古波《こは》蔵公威《ぐらきみたけ》、古波蔵ジャクリーン、そして運用試験を記録進行するための研究員が数名いる。

「テスト装着者の一人は平城学館の刀使……獅童さん、あなたの後輩ですわね」

寿々花がテスト装着者のプロフィールを見ながら言う。

「ああ、何度か立ち合ったことがあるけど、優秀な刀使だよ。今の平城の中等部ではトップを争える実力だと思う。何より目がまっすぐで、強い目的意識を持っているのが好ましい子だ」

「あら、ずいぶん買っていますわね」

寿々花の口調に、少しだけ不機嫌そうな色が混じる。

「まぁ、そうだね。もう一人の伊南《いなみ》栖羽は鎌府《れんぷ》の刀使か。皐月《さつき》がいれば、知っていたかもしれないいな」

鎌倉の特別刀剣類管理局本部に残っている親衛隊第三席・皐月夜見《よみ》は、栖羽と同じ鎌府女学院《じょがくいん》の出身だ。

「しかし紫様、今回はなぜ二人のテスト装着者を用意したのですか？　二人の実力には差がありますし、共通点も見当たりません」

と真希が紫に尋ねる。

それに答えたのは古波蔵ジャクリーンだ。古波蔵公威と並んで、S装備開発の中心人物の一人である。

「複数の様々な装着者の運用データを取り、比較してこそ、研究における価値がありマスから」

少し英語訛りのある口調が特徴的だった。

ジャクリーンの説明に、紫が付け加える。

「一人のデータでいいなら、既に古波蔵エレンのものがある。S装備を実戦投入するにあたり、より多くのデータが欲しい。欲を言えば、もっと多くの刀使を用意したかったが、まだS装備は量産化できていないからな」

古波蔵エレンとは古波蔵夫妻の娘で、S装備開発中にテスト装着者として何度も協力したことがあるらしい。

「では、始めましょう」古波蔵公威が言う。「試験難易度レベル一、開始。荒魂を出してくれ」

公威の指示を受け、研究員の一人がコントロールパネルを操作する。


試験場の出入り口から、荒魂が三体出てきた。

荒魂という存在は、虫のように小さなものから、山脈のように巨大なものまで様々だ。姿形も一定しない。今出てきた三体の荒魂は、どれも大型犬くらいのサイズで、形も四足歩行の動物のようだった。体表は多くの荒魂がそうであるように、赤黒く禍々しい。

「うわわわ、出てきた！　出てきましたよ、北斗さん！　荒魂！」

「落ち着いて。この程度の荒魂なら、大した力は持っていない」

「そ、そうなんですか⁉」

栖羽はまだ中等部一年生だから、荒魂討伐の任務をほとんど経験していないのだろう。

荒魂の脅威度に対する知識がないのだ。

「それに今の私たちにはS装備がある。このくらいの雑魚は敵じゃないわ」

北斗が御刀を抜いて構えると、装着しているS装備から、淡い光が発せられた。珠鋼搭載型S装備は装着者の体温、脈拍、筋肉の動きから臨戦態勢を感知し、自動的に起動状態になる。この状態になれば、いつでも性能を発揮できる。

「伊南さん、あなたも早く御刀を抜きなさい。雑魚とはいえ、気を抜けば大怪我するわよ」

この試験では、テスト装着者の二人は写《うつ》シを使わないことになっている。写シの代わりに、S装備の金剛身《こんごうしん》で荒魂の攻撃を防御していくのだ。金剛身を発動できなければ、荒魂の攻撃を直接食らうことになるため、写シを使って戦うよりも危険を強いられる。

「は、はい！」

栖羽も御刀を抜き、切っ先を荒魂たちに向けた。


管理制御室のモニターに、北斗と栖羽の戦闘が映し出されている。北斗たちの前に出される荒魂は、沖縄で出現して捕獲されたものや、本州の伍箇伝《ごかでん》が捕獲して輸送してきたものだ。

最初は弱い荒魂から、次第に強い荒魂を相手として出していく。

「現在、試験の難易度レベルは三です。朝比奈北斗、伊南栖羽、共に荒魂との交戦中に、金剛身第二段階と八幡力《はちまんりき》第二段階の発現を確認しています」

公威がモニターを見ながら言う。

今、北斗たちが戦っているのは、人の身長の十倍はあろうかという巨大な百足《むかで》のような荒魂だ。この大きさになると、よほど強く経験豊富な刀使でない限り、部隊を組んで対応することになる。つまり北斗と栖羽が二人で、このレベルの荒魂に対抗することは、本来ならばあり得ない。

しかし北斗と栖羽は、荒魂と対等に戦うことができていた。S装備による金剛身と八幡力のお陰だ。

荒魂から攻撃を受けた際は金剛身で防御し、八幡力で筋力を上げて敵の巨体を斬る。

モニターを見ながら、寿々花が疑問を口にする。

「プロフィールによると、伊南栖羽は八幡力も金剛身も修得していないそうですわね。S装備のお陰でそれらの能力が使えるとしても、実戦で使いこなせるものでしょうか」

「確かに……少し不自然だね」

真希も疑問に思っているところだった。金剛身と八幡力は、使うことはできても、使いこなすことは非常に難しい。

この二つの能力は、段階が上がるごとに発動時間が短くなる。また、金剛身と八幡力は同時使用ができない。しかも金剛身に至っては、発動中は身体が硬直して動かなくなるという弱点がある。

だから、この二つの能力を実戦で有効活用しようとするなら――敵の攻撃が当たるタイミングを完璧に把握して金剛身を発動。攻撃をガードした後、すぐに金剛身を解除。同時に八幡力を発動。そして御刀を振るう――一瞬の攻防の中で、これだけ多くのことをやらなければならない。

しかしモニターの中で荒魂と戦う北斗と栖羽は、S装備による金剛身と八幡力を、完璧に使いこなしていた。

「珠鋼搭載型S装備には」公威が説明する。「能力を自動制御する機能がついています。戦闘中、S装備自身が状況を判断して金剛身や八幡力を発動させる。これによって装着者は、能力の発動に気を遣わず、御刀を振るうことのみに集中できます」

真希と寿々花は内心で驚愕《きょうがく》していた。そんなことが可能なのか。

しかし、二人には思い当たることがあった。荒魂は『ノロ』という物質から生まれる。そして『ノロ』は珠鋼から分離されて出てくるもので、知性を持つことがわかっている。もしやこのS装備には、珠鋼だけではなくノロも組み込まれているのではないだろうか。ノロの知性を利用すれば、能力の自動制御も可能なのかもしれない。

S装備の内部には、開発者でさえも理解できていない部分が存在する。そのブラックボックスは、特別刀剣類管理局の局長である折神紫自身が考案した箇所であり、彼女以外にすべてを知っている者は誰もいないのだ。

（だからこそ……ＤＡＲＰＡ《米国》はそれを狙っているのだろうが）

真希はＤＡＲＰＡ側の監督者であるリディアを横目で見る。彼女はモニターに映る運用試験の様子を、つまらなそうに眺めていた。

ＤＡＲＰＡがＳ装備の開発に協力している理由は、表向きは日米同盟に基づく技術協力だ。しかし実際は、Ｓ装備や刀使の持つ力を解析し、自国に持ち帰って軍事利用するためである。だが、Ｓ装備のブラックボックスが解析できなければ、自国で利用することができない。

彼らは度々理由をつけて、Ｓ装備を米国に持ち込もうとした。特別刀剣類管理局は、今まで何度もそれを阻止してきた。

今回の運用試験でも、ＤＡＲＰＡが何か工作を行ってくる可能性はある――


「ハァァ！」

百足《むかで》型の荒魂に対し、北斗が御刀を振るう。

しかし敵の巨体に対して普通に振るっただけの剣では、決定的なダメージを与えることはできない。

より強力な力を発揮すること――すなわち八幡力第三段階の発動が、この荒魂を倒すための条件だ。現在も八幡力第二段階は発動できているが、より上の段階を発動しなければ、この荒魂は倒せない。

荒魂は上半身を振り回し、北斗に体当たりして吹っ飛ばす。荒魂の巨体に比べれば、北斗の体など豆粒のようなもので、軽く吹っ飛ばされてしまう。

「北斗さん！」

栖羽が悲鳴のような声をあげる。

北斗の身体は壁に叩きつけられたが、金剛身が発動して致命傷は免れた。しかし、金剛身第二段階では完全にダメージを無効化できず、北斗は咳《せ》き込む。すぐに立ち上がることができない。

荒魂は頭部らしき部分の向きを変え、北斗から栖羽に狙いを変えた。

「ひぃっ！　うわわわ……！」

栖羽は震え上がり、御刀を振るうどころか逃げ出した。

「伊南さん！　逃げてないで戦いなさい！　これはS装備の運用試験なのよ、逃げるだけじゃ性能を測れないわ！」

「む、無理ですよぉ！　性能を発揮する前に、私が死んじゃいます！　――ふぎゃ！」

背後から迫った荒魂の脚が、栖羽の背中に当たる。彼女は前のめりに転び、顔面から床に突っ込んだ。その拍子に御刀も手放してしまう。

荒魂は長い体の上半身を起こし、倒れた栖羽に覆いかぶさるように立つ。そして串刺しにせんとばかりに、無数の脚を振り下ろす——

「あ……」

死んだ。栖羽はそう思った。御刀を持っていないため、写シを張ることもできない。

「伊南さん！」

声と同時に、北斗が迅移《じんい》で移動しながら栖羽の体を抱き上げ、荒魂の攻撃から逃れる。しかし栖羽を抱き上げる瞬間に、一瞬動作が遅くなり、左足の甲を百足の脚の爪で貫かれた。

「ぐっ、うあああああ！」

北斗の口から苦痛の声があがる。彼女は足を床に縫い付けられ、迅移の移動を強制的に止められた。抱きかかえていた栖羽の体は、北斗の手から離れ、放り出される。

「ほ、北斗さん！」

北斗は御刀で百足の爪を切断し、自分の足から引き抜いた。これで動けるようになったが、同時に敵は北斗に対し、再び別の脚の爪を振り下ろす。避けるのは間に合わない。この荒魂の一撃は金剛身第二段階では防げない。

なんで私を助けたのか、助けなければこんなことにはならなかったのに——栖羽は、刹那の瞬間にそう思う。

しかし。

荒魂の脚の爪は、北斗を斬り裂くことも貫くこともなかった。爪が北斗の皮膚に当たったところで止まっている。

今までよりもより高い段階の金剛身が発動したのだ。

「ハァァァァァッ!!」

攻撃を受け止めた後、北斗は金剛身を解除し、跳躍しながら御刀で荒魂を斬り裂く。巨大な荒魂の体が、真っ二つに断ち切られた。


「テスト装着者が荒魂の討伐を完了しました。朝比奈北斗は金剛身、八幡力、共に第三段階の発現を確認。伊南栖羽は第二段階までです」

管理制御室内で、コントロールパネルを操作していた研究員が報告する。

「伊南は第二段階が限界か」

紫がつぶやいた言葉に、公威が返す。

「そのようです。どうしましょうか。朝比奈さんに関しては大丈夫かと思われますが、伊南さんをこれ以上のレベルの荒魂と戦わせることは、危険かもしれません」

「やめさせるつもりぃ?」リディアが口を挟む。「それはダメよ。私たちはこの試験を、実戦投入前の最終試験にしたいと思ってるのよぉ。この場におけるＤＡＲＰＡの責任者として、試験の継続を要求するわ」

「ですが、テスト装着者が怪我でもすれば、問題になります」

「刀使が身を危険に晒すのはいつものことでしょう？」

公威とリディアの視線がぶつかる。

そこで間に入ったのはジャクリーンだった。

「でしたら、本人たちの意志を聞いてみまショウ？　本人たちが望めば、続ける。拒否するならやめる。嫌がるのを無理矢理やらせるのは、問題どころか犯罪になってしまいますカラね」


管理制御室でリディアと公威が意見を対立させている間、試験場では北斗が御刀を支えにして立ち、呼吸を整えていた。

荒魂に貫かれた足が痛む。しかし、立っていられないほどの痛みではない。臨戦態勢で脳内麻薬が分泌されて痛覚が麻痺《まひ》しているのか、あるいはS装備の何らかの機能で痛みがやわらげられているのか。

試験場の床には、赤黒い粘液状の物質――ノロが広がっている。これは先ほどまで百足型の大きな荒魂だったものだ。荒魂は御刀で斬り倒すと、ノロに戻る。ノロになれば人を襲うことはなくなるため、本来ならここで刀使の任務は終了となる。

だが、これはS装備の運用試験。すぐにまた次の荒魂が出てくるだろう。できるだけ早く呼吸を整え、次の戦いに備えなければならない。

(それにしても……このS装備というものは、すごいわ)

先ほどの大型の荒魂は、本来なら数名から十数名の部隊を組んで討伐に当たる相手だった。しかし、それを北斗はほとんど一人で倒せてしまった。

「ごめんなさい！　北斗さん、私のせいで……怪我は⁉」

栖羽が北斗に駆け寄る。

「大丈夫よ、そんなに痛みはないわ。次の戦いに支障はない」

思えば、北斗は今、膝の痛みも感じていない。これほど連続で荒魂と戦えば、普段だったら北斗の脚はとっくに悲鳴をあげているはずだ。これもおそらくS装備の力だろう。

「待ってください、次の戦いって⁉　まだ続ける気ですか⁉」

「当然よ……運用試験だから。S装備の力をどれくらい引き出せるか……その限界が来るまで、試験は続けないと」

先ほど、より強力な金剛身と八幡力が発動したのを、北斗は感じ取った。おそらく第三段階だ。S装備にはまだ先――第四段階、第五段階がある。

研究施設のノロ回収班の者たちが、ドアを開けて試験場に入ってくる。そして床に散らばったノロを専用の容器に回収し始めた。大量のノロは放置しておくと再び荒魂化するため、きちんと管理して処置を施す必要がある。

ノロの回収が終わったら、次の荒魂との戦いが始まるだろう。北斗の呼吸も、やっと整ってきた。意識は既に次の戦闘に向かっている。

「いやいやいや、無理ですよ！　さっきの荒魂だってギリギリで勝てたくらいですし、これ以上は危ないですって！　死んじゃいますよ！」

栖羽は訴えるが、北斗の意識にその声は響かない。

やがてノロの回収が終わり、回収班が部屋から出ていくと、スピーカーから古波蔵公威博士の声が聞こえた。

『試験難易度レベル三まで終了だ。ご苦労様だったね。ここで試験を継続するかどうか、きみたち自身の意志を聞きたい。この先の戦闘はさらに危険になっていく。安全の保証はできない。その上で、きみたちは試験を続けるかどうか。もし試験から降りたとしても、今後きみたちに不利益が起こることはないと保証する。どうかな、続け――』

「やめますギブです！」

栖羽は即答した。

『そ、そうか』

あまりの即答に、公威は少し気圧された。

「私も北斗さんもギブアップです！　見てたらわかりますよね、さっきのだって本当に危険で――」

「私は続けます」北斗は栖羽の言葉を遮り、御刀を構える。「次の荒魂を出してください」

理解不能なものを見る目で、栖羽は北斗を見つめる。

「なんでそこまで……？」

「ここでテストを中断したら、S装備の実用化は先送りになるかもしれないでしょう……？　この装備は素晴らしいわ。一刻も早く実用化すべきよ。そして私がこれを使えるようになれば、私はもっと強くなれる」

北斗の口調には、ひどく昏《くら》い響きがあった。何かに取り憑《つ》かれているような、異様な執着を感じさせる。

彼女の濁った瞳に、栖羽は少し背筋が寒くなった。激しい戦闘状態が続いていることと、怪我をした痛みで、北斗は冷静さを失っているのではないだろうか。

栖羽が何も言えずに黙り込んでいると、北斗は淡々とした口調で言う。

「でも、運用試験を続けるのは、ただの私の意志よ。あなたまで無理に付き合う必要はない。あなたがこれ以上の戦いを続けるのは、危ないと思う」

北斗は栖羽にそう告げると、もう彼女を見ていない。

そして北斗だけが試験場に残り、栖羽は待機用の部屋に移動した。

待機室にもモニターがつけられており、試験場の北斗の様子を見ることができる。試験の難易度はレベル四へ移り、北斗は先ほどよりもさらに大きく強力な荒魂と一人で戦っていた。

もちろん余裕のある戦いではない。これほどの敵になると、金剛身第三段階以上を発動しなければ、攻撃に耐えることができない。第三段階発動が遅れ、ダメージを食らう場合もある。

北斗は何度も荒魂に攻撃を受け、壁や床に叩きつけられていた。モニター越しでもダメージを受け、疲弊しているのがわかる。

それでも彼女の足は強く床を踏みしめ、目は荒魂を見据え、手は御刀をしっかりと握っていた。荒魂に対して一歩も引かず、戦意を失わず、戦い続けている。

モニターの中で、北斗は荒魂の突進を受け、吹っ飛ばされて壁に叩きつけられた。

「あっ……！」

栖羽は思わず声を漏らした。北斗は壁にぶつかった瞬間に金剛身が発動したのか、致命傷は負っていないようだ。もし素の状態で壁に激突していたら、おそらく肉体が砕けていただろう。

それでも彼女は立ち上がって、戦い続ける。

（どうしてこの人は、こんなにも頑張れるんだろう？）

モニターを見ながら、栖羽はそう思う。

自分はこんなに一生懸命になることはできない。同じ刀使でも、自分と北斗はあまりにも違いすぎる。

その差異は、単なる剣術の実力の違いによるものではない。もちろん北斗は、刀使としての実力も栖羽より圧倒的に上である。だが、それだけではない。

精神性の違いだ。

意志の違いだ。

モニターの中で、北斗はついに荒魂を一人で倒してしまった。

北斗だけをテスト装着者とした運用試験は続いていく。

彼女の呼吸は荒くなっているし、動きも精彩を欠いている。目もどこか虚ろだ。既に気合いだけで御刀を握り、戦い続けている状態なのかもしれない。

「もう……やめればいいのに」

栖羽はポツリとつぶやいた。

栖羽が去った試験場の中では、北斗がさらに強力な荒魂と、一人で戦い続けている。

金剛身、八幡力はともに第四段階を超え、ついに第五段階まで発動されるようになっていた。

凄まじい膂力《りょりょく》、桁外れの防御力。

身体は連戦とダメージのために疲弊しているのに、まだまだ戦える。戦いたい。もっと強さを発揮したい。

思考が昏い感情と意志で埋め尽くされていく。強くなりたい力を得たいあの日のようなことが起こらないように二度と後悔しないように誰にも負けないように強く強く、強く強く強く、力を――

――「だから、これから強くなればいい」

（このS装備があれば、誰にも負けない、力を得られる、あんな後悔を二度としなくていい……）


そして、異変が起こる。

何かがおかしいと、北斗の戦いをモニターで見ながら栖羽は感じた。疲労により精彩を欠いていた北斗の動きが、徐々に迅《はや》さと鋭さを増していくのだ。そのうえ、御刀の振るい方も変化していた。まるで別の流派を使い出したかのようだ。

北斗は試験難易度レベル五の荒魂を討ち倒した。ノロに戻った荒魂を回収するために、回収班が部屋に入ってくる――

その瞬間、モニターの映像が消えた。

管理制御室の中でも、同じことが起こっていた。

試験場に設置されているカメラは十二個あり、それぞれが別の位置と角度から試験場内の様子を映している。そのカメラの映像が次々に映らなくなっていくのだ。

「どうした⁉　何が起こっている⁉」

公威が叫ぶ。

ついにすべてのカメラの映像が消失した。

十二個のうち一つが映らなくなるだけなら、カメラの故障や配線接続の異常が考えられる。しかし、十二個が一斉に異常を起こすなどあり得ない。

試験場の中で何かが起こったことは明白だった。

管理制御室にいる研究員たちは、状況をまったく理解できず、ただ動揺している。

しかし、真希と寿々花には見えていた。カメラ映像が消失する直前に、常人では見えないほど一瞬だけ、御刀と北斗の姿が映ったのだ。

「獅童さん、これは……」

寿々花が真希に小声で話しかける。

「ああ。朝比奈北斗が迅移《じんい》と八幡力を使って高速移動し、すべてのカメラを破壊したんだ」

床に設置してあるカメラは、迅移による超高速移動で斬り壊した。天井や壁のカメラは、八幡力で身体能力を強化して跳躍し、破壊したのだろう。

「皆さぁん、落ち着いてぇ。これは朝比奈北斗の仕業よ。カメラが壊れる直前、彼女の姿が映ってたわぁ。録画映像、確認して」

研究員たちにそう告げたのは、リディアだった。

真希はリディアの言葉を意外に思った。よほど戦場慣れした刀使でなければ、北斗が何を行ったのかはわからないだろうと予想していたからだ。この場で理解できたのは自分と寿々花と紫の三人だけだろう、と。

研究員の一人がパソコンで、消失直前の映像をスロー再生する。カメラを破壊する北斗の姿が映っていた。室内にいる者たち全員が状況を理解する。

「ドクター公威。映像が消える前の朝比奈北斗はぁ、S装備の性能をどれだけ引き出せてたかしらぁ?」

「先ほどの荒魂との交戦中、金剛身及び八幡力の第五段階を複数回、発揮しています」

「決まりね。S装備の全性能《フルスペック》を発揮した場合、約三パーセントの確率で暴走……第五段階を使用した回数が多ければ、比例して暴走確率も急上昇するわぁ。朝比奈北斗は暴走し、正気を失ってカメラを破壊したと考えるのが妥当よ」

リディアがそう言うが早いか、公威は研究施設内にいる刀使たちに連絡を入れた。試験場へ向かい、状況を確認するように指示を出す。北斗が暴走状態であれば、ノロ回収班の身が危険だ。

数分後、試験場へ向かった刀使の一人から、管理制御室に通信が入った。

その刀使の報告によれば、幸いにもノロ回収班に負傷者はいなかった。北斗は回収班の者たちを押しのけ、試験場から出ていったのだという。

試験場は安全のために研究施設内でも隔離されており、いくつかの隔壁やシャッターで囲まれている。しかしそれらの隔壁の一部が破壊されており、研究施設の外への通路ができていた――と通信が伝える。

北斗は暴走状態のまま、研究施設を脱走したようだ。

「紫様、ボクが朝比奈北斗を追います。ご許可を」

真希は自らの主《あるじ》に尋ねた。研究施設所属の刀使たちでは、暴走状態になったテスト装着者を止めることはできない。しかし真希には止められる自信がある。

加えて平城学館の所属である北斗は、真希にとって後輩に当たる。後輩の不始末は、自分が片を付けるべきだ。

だが、真希の言葉に紫が返答する前に、リディアが口を挟んだ。

「ちょぉっと待って。そもそも彼女の居場所は把握できているのぉ？　闇雲に探しても、見つけられないでしょう？」

研究員の一人が答える、

「S装備にはGPSが仕込まれていますが、先ほどから反応がありません。暴走の影響による故障か、あるいは朝比奈北斗自身がなんらかの手段でGPSを破壊した可能性も……」

「つまりぃ、位置を完全にロストした……ってわけねぇ？」

「はい……」

叱責を受ける子供のように、言いづらそうに研究員が答える。

「だったらぁ、捜索範囲は一気にこの沖縄本島全体に広がることになる。人海戦術で探す必要があるなら、私たちでないとできないと思うわ。任せてもらえるかしらぁ？」


北斗の捜索は、リディア主導で行われることになった。

彼女は今回の運用試験監督の任務を行うにあたり、米国から軍の一小隊を指揮する権限を与えられていた。現在、彼女の指揮下にある部隊は普天間《ふてんま》基地内に滞在しており、リディアの命令でいつでも動けるようになっている。

彼女は基地の一角で隊員たちを前にして任務を告げる。

「これよりぃ、暴走したテスト装着者の捕獲を行いまぁす」

「了解」

隊員たちは姿勢を正して答える。

リディアは携帯端末を取り出した。

「タ〜ゲットの居場所は既にわかっていいるわぁ」

端末の画面には、沖縄本島のマップと光点が表示されている。光点の位置が、北斗の居場所だ。

光点は凄まじい速度で動いていた。おそらく迅移と八幡力による身体強化を使って、地形を無視して移動している。現在、東方の中城村《なかぐすく》方面へ向かっている。

「じゃあ、ミッションスタートぉ」

リディアと兵士たちは動き出す。


真希と寿々花は研究施設内で待機することになった。真希たちが捜索隊に加われば逆に統率が取れなくなり、現場が混乱するとリディアに言われ、協力を断られたのだ。

廊下を歩きながら真希と寿々花は話す。

「なぜ紫様はＤＡＲＰＡに捜索を任せてしまったのか……。奴らが朝比奈北斗を捕らえるどさくさでＳ装備を奪取する可能性さえあるのに……」

真希は紫の判断に疑問を抱いていた。

リディアが北斗の捜索を行うと提案した時、紫が反対せずに受け入れたため、真希と寿々花はそれ以上何も言うことはできなくなってしまった。

この研究施設へ来た時は、警戒すべきはＤＡＲＰＡだと紫自身が言っていたのに、なぜ彼女たちの勝手な行動を許すのだろうか。

「あの方のことです。何かお考えがあるのでしょう」

寿々花は自らに言い聞かせるように言う。彼女にも紫の意図は読めない。

しかし真希も寿々花も、紫に対する信頼は揺るぎない。

折神紫の行動は、しばしば理解できないことがある。しかしいつも最後には、その時々の行動がすべて『望む結果』を導くための布石だったことがわかるのだ。

「朝比奈北斗は自我をまだ保っているかもしれないな」

「ええ。彼女が逃走するにあたって、研究施設内にも市内の住人にも被害は出ていないようですわ。もし完全に自我を失っているなら、猛獣より危険な存在です。被害ゼロなどということはあり得ませんから」

「……そうだね。しかしどのみち、ボクたちはＤＡＲＰＡがどう動くか、どんな結果になるか、見守っておく必要がある」

中城村《なかぐすく》は宜野湾市の東側に位置する大きな村である。北から南に長く丘陵が走っており、村全体のかなり広範囲が山林に覆われている。

リディアは中城村上空を飛ぶヘリコプターの中にいた。手元の携帯端末に表示されている光点は、中城村の丘陵地帯で止まっている。どうやら朝比奈北斗は移動をやめたようだ。

（さっさと終わらせるわ。こんな意味のないこと……）

リディアはそもそも今回の任務に乗り気ではなかった。なぜなら彼女は、S装備に対してほとんど興味がないのだ。

S装備は一般人に刀使の力を与えることができる兵器であり、米軍にとっては理想的なアイテムである。ところが特別刀剣類管理局――というより、折神紫は、S装備に関するデータの一部をDARPA側に見せないよう細心の注意を払っている。データが不完全な状態では、自国で同じものを生産することができない。刀使という存在の力を自国に採り入れる、というDARPAの目的が果たせない。

そこでしびれを切らした上層部は、強硬手段を用いることにした。

今回のリディアの任務は、表向きはS装備運用試験の監督役だが、実際はその『強硬手段』の遂行である。

まず運用試験の前に、リディアとその部下たちは細工を行った。S装備に組み込んであるGPSを遠隔操作で機能停止できるようにしたのだ。同時に別のGPSを埋め込み、リディアたちだけがS装備の位置を追えるようにした。

運用試験ではS装備が暴走するまで戦闘を続けさせ、暴走したら本来のGPSを停止させる。そしてリディアたちの部隊がテスト装着者を追跡し、捕らえる。

その後、特別刀剣類管理局にS装備の暴走抑止および回収ができなかったことを理由に、S装備開発の主導権をDARPAに移行させ、技術をすべて入手する――それがDARPAの目論見だ。

（馬鹿みたいだわぁ。まどろっこしい上に、確実性もないくだらない手段……）

強硬手段といっても、直接S装備を盗み出したり、奪い取ったりするわけではない。日本との関係がこじれることを恐れているためだろう。

だが、リディアがこの任務を達成したとしても、S装備開発の主導権を握れるとは限らないではないか。折神紫という人物はそこまで甘くない。

（第一、何がS装備よ……。異界の力を帯びたパワードスーツで、超強力な兵士を作り出すぅ？　我が国の上層部は、映画《ハリウッド》と漫画《コミック》に脳を冒されたのかしら）

荒魂は日本にしか出現せず、米国にとっては脅威とならない。つまりS装備を自国で開発できても、歩兵を強化する程度しか使い道がないのだ。

だが、現代は歩兵の力で争う時代ではない。金《かね》とインターネットと大陸間弾道弾で争う時代だ――それがリディアの思想である。

刀使がいかに強くとも、核兵器には敵わない。刀使の力を研究する資金で、別の兵器を開発した方が、よほど国力強化のために有意義だろう。

だからリディアは、今回のくだらない任務などさっさと終わらせ、本国に帰って自分の研究に戻りたかった。

彼女は端末で北斗の位置を確認しながら、指揮下の部隊に指示を出していく。彼らはリディアによって、対刀使用の戦闘方法を仕込まれている。


リディアの指揮下にある部隊は、朝比奈北斗を取り囲むように円形状に布陣していた。ひとまず逃げ道を塞ぐためだ。

まず狙撃能力に優れた隊員数人が北斗に接近した。彼女は山林の中をふらふらと歩いている。やはり精神状態は正常ではないようだ。

狙撃隊はライフルの照準を合わせ、次々に引き金を引いた。リディアからは北斗を射殺しても構わないと命令を受けている。

何発もの銃弾が北斗に襲いかかった。

北斗自身は銃弾に対応できていなかったが、S装備によって自動的に金剛身が発動した。銃弾が弾かれる。

だが、金剛身は短時間しか継続できない。時間差で放たれた弾丸の一発が、金剛身が切れた瞬間の北斗の御刀を弾き飛ばした。隊員の一人が地面に落ちた御刀を拾い上げ、その場を離脱する。

ターゲットを仕留めることはできなかったが、大きな成果だ。刀使の力は御刀を媒介にして発動される。これで朝比奈北斗は刀使としての力を失い、S装備をつけているだけの少女になった。S装備のお陰で金剛身と八幡力は使えるが、迅移による高速移動はできなくなった。

北斗は追っ手がいることを理解し、逃亡し始める。しかし迅移が使えないため、常人と同じ速度でしか移動できない。部隊の包囲を抜けることはできない。

彼らはライフルで時々北斗を銃撃する。銃弾は金剛身で弾かれるが、目的は北斗を仕留めることではない。最初の不意打ちで仕留めることに失敗した以上、金剛身による防御を抜くことはできないだろう。だが、銃弾を弾幕として使い、北斗の逃亡ルートを誘導できる。さらに包囲陣の中に一ヶ所だけ抜け道を作り、彼女の行き先を限定した。

そして目的の地点に北斗が到達する。

瞬間、北斗の体が宙に浮き上がった。足元に敷かれていたアラミド繊維製の捕縛網が持ち上がり、彼女を捕らえたのだ。

草むらや木陰に隠れていた隊員たちが次々に現れ、空中に囚われた彼女に銃弾を連射した。

火薬の匂いと銃の発砲音が辺りに広がる。

だが、金剛身の発動によって、銃弾はすべて弾かれていた。金剛身は本来長時間の継続はできないが、能力が切れた瞬間に再び発動することで、ほぼ永続的な防御を可能としていた。先ほど御刀を弾き飛ばされた時よりも、銃撃に対する対応能力が上がっている。S装備自身が学習しているのだ。

金剛身を発動している間、北斗は動くことができないが、いずれ部隊の銃弾が切れれば、その瞬間に彼女は八幡力を発動して網を引きちぎり、逃亡するだろう――

そして、その状況までリディアは想定していた。

隊員たちが交互に銃を撃って北斗の行動を制止している間に、地面に設置された小型砲台が彼女を狙っていた。

TOW2、制式名称BGM－71D。対戦車ミサイルである。

携行兵器の中では最強クラスの威力を持ち、発射される砲弾は現役の第三世代主力戦車の装甲をも破るという。TOW2に比べれば、ライフルなど玩具《おもちゃ》の銀玉鉄砲に等しい。

北斗を銃撃していた隊員たちは一斉に射撃をやめ、その場を離れて地面に伏せる。同時にTOW2の巨大な口から、砲弾が発射された。


ヘリコプターの中にいるリディアは、部下の隊員からTOW2の使用完了の連絡を受けた。丘陵の山林の中から、砲撃の煙が立ち上っているのも見える。

「これで任務完了……ね」

金剛身の防御力は、第三段階で銃弾をも弾き返す。S装備がそれ以上の金剛身を発動できるなら、ライフルや機関銃で仕留めることはできないだろう。

しかし対戦車ミサイルなら、話は別だ。いかに強力な金剛身を使うことができようと、戦車を破壊する砲弾を撃ち込まれれば、ひとたまりもなかろう。テスト装着者も絶命するだろうが、この戦闘を見ている者がいない以上、言い訳はいくらでもできる。抵抗を受け、こちらに死傷の危険があったとでも言えばいい。揉《も》み消しはリディアの仕事ではないので、どうでもよかった。

あとは壊れたS装備の残骸を回収すれば、リディアが任務を達成したことの証明となるだろう。

「刀使なんて、この程度のものよねぇ。S装備で底上げしても、きちんと対策立てて銃火器を使えばまったく脅威じゃない。こんなものに入れ揚《あ》げてる上の連中は、本当に愚かだわぁ」

しかし――

直後、通信機の向こうの隊員から新たな報告が入る。

『朝比奈北斗の生存を目視確認！　負傷、ありません！』

現実が想定を打ち砕いた。

「…………はぁ？」

リディアの口から間の抜けた声が漏れた。

最強の携行火力だ。戦車を破壊する砲弾だ。無傷などあり得ない！

『朝比奈北斗が捕縛用のネットを破り、逃亡しました！　指示を！』

ＴＯＷ２で確実に仕留めるはずだった。だから、その先の行動指示を部隊には与えていなかった。

「追いなさい！　すぐに!!」

いつもの気怠げな口調は完全に消えている。

通信を切った後、リディアは絶望的な表情を浮かべ、髪の毛をかきむしる。

「対戦車ミサイルの直撃で無傷……？　何よ、それ……？　じゃあ、なんだったら効くのよぉ……！」


部隊の隊員たちは山林の中を移動していく。

北斗が捕縛用の網から逃れた後、なぜ反撃をしてこなかったのかは不明だ。御刀がなかったため、戦うより逃げることを選んだのだろうか。しかし八幡力を使えば、素手でも隊員たちを圧倒できたはずだが。

彼らは逃げた北斗の位置を見失っていない。Ｓ装備につけられたＧＰＳは、まだ生きている。今、部隊の兵たちにできることは、ターゲットを追うことのみだった。

と——

その時、隊員たちは、山林の中に立つ一人の少女を見かけた。外見は幼く、まだ小学生くらいだろう。

ひどく違和感のある光景だった。散歩中のような何気なさで少女は立っているが、ここはせいぜい獣道程度しかない山中なのだ。少女が散歩で歩き回るような場所ではない。

そして彼女は、腰に御刀を帯びていた。

「あはははは！　たっくさんいるねえ！」

少女――燕結芽は笑い、御刀の柄に手を掛けた。

一瞬の後、彼女は隊員の一人の前に立っていた。刀使の高速移動術、迅移である。そして少女は凄まじい疾《はや》さで御刀を抜き、その隊員を斬った。

「安心して、峰打ちだから。紫様には、一応殺すなって言われてるし」

御刀の峰で打たれた彼は、苦痛の声を漏らして地面に倒れた。刀使が斬り込んだ一撃ならば、防弾ベスト越しの峰打ちでも骨折くらいは簡単に起こる。それどころか、当たりどころが悪ければ内臓破裂もあり得る。

一人目の隊員を倒した後、結芽はさらに迅移で移動して二人目を倒す。

なぜ自分たちが謎の刀使に攻撃されているのか、彼らはまったくわからなかった。銃を構えて少女に向けるが、交戦許可が出ていないため、発砲することをためらう。

しかしためらっている間に、彼らは一人また一人と倒されていく。

「あれえ、反撃しないの？　つまんなーい！　その銃は飾りぃ？　いい大人が子供に負けて、悔しくないのー？　ま、そっちが何もしてこなくても、全部やっつけちゃうけど！」

また一人、峰打ちで隊員が倒される。

「……うおおお!!」

ついに彼らは銃を撃ち始める。

刀使は迅移によって常人を超える速度で動くことが可能だ。しかし基本的には、初速から弾丸の速度を超えることはできない。

ゆえに理論上、刀使が銃弾を避けることはできないはずなのだ。

しかし彼らが放った弾丸は、少女に一発も当たらなかった。風のように銃弾の雨をかい潜《くぐ》り、結芽は次々に隊員たちを打ち倒していく。

「弱い。弱い弱い弱い弱い弱い！　全っ然、足りないよっ!!」

悪夢だ、と隊員の一人がつぶやいた。

対戦車ミサイルが効かず、銃弾よりも速く動く人間がいる。しかも今、その人間――刀使によって、為す術《すべ》もなく部隊が壊滅しようとしている。これが悪夢でなくて何なのか。

彼らは刀使という存在の力を、完全に見誤っていたのだ。

数分後。

小隊のすべての兵士たちが、うめき声をあげながら地面に伏せていた。その中にたった一人、無傷で立っているのは可愛らしい少女。

結芽は、倒れている隊員の一人が持っている携帯端末を取り上げた。

「じゃ、これはもらってくね。あーあ、やっぱりおにーさんたちじゃ、全然ダメだ」


リディアの部隊の全滅が、普天間研究施設にいた者たちに報告された。兵士たちは全員、入院が必要なほどの重傷を負っているらしい。命に別状はないものの、全治一ヶ月以上の重傷の者もいる。

真希と寿々花は紫の前に呼び出されていた。

「DARPAが朝比奈の捕獲に失敗したため、捜索任務は刀剣類管理局に移行した。獅童、此花。お前たちが朝比奈を捕らえ、S装備を回収しろ」

「はい、お任せください、紫様」

「承知いたしましたわ」

真希と寿々花が答える。

問題は、どうやって彼女を探すかだ。S装備のGPSが壊れている以上、位置を特定することは容易ではない。

しかしその不安を読んだかのように、紫は真希に携帯端末を手渡した。

「朝比奈の位置特定は問題ない。S装備に仕込まれているGPSの情報を、その端末で入手できる」

「……GPSは壊れていたはずでは？」

「本来のものとは別のGPSが、いつの間にかS装備に仕込まれていたらしくてな。その端末はリディアの部隊が持っていたものだ」

その言葉で、真希と寿々花はDARPAの工作を大まかに察した。

しかし、どうやって紫はDARPAの端末を手に入れたのだろうか？　自分たちの悪事の証拠となるものを、リディアが素直に渡すとは思えない。


北斗の捜索が行われている時、もう一人のテスト装着者である栖羽は、ホテルの自室にいた。

「はぁ～……北斗さんの捜索、どうなってるんだろう……？」

北斗が研究施設を脱走してから、もう四時間ほどが経とうとしている。その間、捜索がどのように行われているのか、北斗がどのような状態にあるのか、何も情報が入ってこない。

窓の外は次第に日が落ち、暗くなり始めている。

もうすぐ夜だ。北斗は夜になっても一人逃亡を続けるのだろうか。怪我はしていないだろうか。そもそも意識は保っているのだろうか。

無事でいてほしい。栖羽は心からそう思う。

「はぁ～……」

何度目になるかわからないため息をついた時、部屋のドアのチャイムが鳴った。

誰か来たのだろうかと思い、栖羽はドアを開ける。

「こんばんは、おねーさん」

ドアの向こうに立っていたのは、天使のような可愛らしい少女だった。

しかし、その中身は悪魔だ。

燕結芽である。


朝比奈北斗の研究施設脱走から約四時間後、二人の刀使が那覇空港に到着した。

共に伍箇伝の一つ――長船女学園《おさふねじょがくえん》の制服を着ている。

片方は高い身長と大人びた体形、そしてブロンドの髪と青い瞳が特徴の少女、古波蔵エレン。S装備開発の中核を担う古波蔵博士の娘だ。

もう一人はエレンとは対照的に、小学校低学年の子供のような見た目の少女、益子薫《ましこかおる》。

その外見に不釣り合いな巨大な御刀を抱えているのが特徴的だ。

また、薫の頭には、イタチかタヌキのようでまったく違う奇妙な小動物が乗っている。

「あー、南国でバカンスとは、学長も粋な計らいをしてくれるな」

沖縄の夕空を見上げながら言う薫に、エレンは鋭く突っ込む。

「バカンスじゃありマセンよ。お仕事デス」

「ねー！」

エレンに同意するように、薫の頭上の小動物——ねねが鳴く。

「はぁー、わかってるっての。まぁ、とっとと任務終わらせりゃ、残った時間は休暇になるだろ。沖縄に来て働くだけなんてごめんだ」

薫は面倒臭そうに言うが、次の瞬間には刀使の一員としての顔を覗《のぞ》かせる。

「で、今回はまた妙な状況だな。そもそもＳ装備のテスト装着者っていうなら、エレンに声がかからないのもおかしいだろ。開発中にテスト装着者として協力してたのは、お前なんだからよ」

「Yes. 暴走が起こったことまで含めて、陰謀のsmell《スメル》がしマス。しかもどちらかが一方的に仕掛けた策略ではなく、両方がお互いを出し抜こうと争ってるように思えマス」

「そこにオレら『舞草《もくさ》』まで、わざわざ巻き込まれようってわけか」

舞草——特別刀剣類管理局の折神紫体制に対し、反発の意志を持つ刀使たちの集団である。その存在自体が表には一切出ておらず、舞草の構成員以外に舞草の実態を知る者はいない。完全な秘密組織だ。

普天間研究施設は長船女学園の傘下にある。そして長船女学園は伍箇伝の中で、舞草と最も繋がりが深い。そのため研究施設で起こった暴走事件は速やかに舞草へ伝わり、エージェントとしてエレンと薫が派遣されたのだ。

「巻き込まれるほどまで深入りはしマセン。折神紫や親衛隊に接触するのは危険デスし」

「つーか、この騒ぎ自体がオレたちを誘《おび》き出すための罠かもしれないしな」

「それが最大の目的ではないと思いマスが、副次的な目的としてはあり得るかもしれマセン」

「つーことは、今回は折神家は無視して、ＤＡＲＰＡがＳ装備を手に入れるのを防ぐことだけが目的か」

「That's right!」

「ねねー!」

ねねも同意するように声をあげた。

第三章

伊南栖羽《いなみすう》は小学生の頃から剣術が好きだった。

刀というものの美しさと、その刀を振るう剣技の格好良さに憧れた。

しかし、剣術を好きな理由が刀の美しさと技の格好良さであるなら、剣術を習い始めた彼女の動機は、強さや力の追求とはまったく無関係だ。

彼女は剣術を武術ではなく、絵画や舞踊のような芸術の一種として嗜《たしな》んでいた。もちろん幼い彼女には、そもそも武術や芸術といった概念の差異などわからなかったが。

だから彼女は剣術家でありながら、その在り方に『戦うこと』を必要としない。

刀という殺人道具を振るいながら、彼女の剣術からは『他者を殺す』『他者から殺される』という状況が、完全に抜け落ちていた。他人からは奇妙に見えるかもしれないが、彼女自身はその在り方に矛盾も疑問も感じていなかった。

栖羽の剣術流派は雲弘流《うんこうりゅう》。雲弘流には『自己の身命を全うして人を斬ると思う如きは卑劣の心にて、相討ちして死するに天理の本分なり』という教えがある。相討ち——すなわち自らをも死地に置くことを是とする剣術であり、本質的に死の影を色濃く纏《まと》った流派だ。

しかし幼い少女に、流派の思想など難しくて理解できなかった。気にしてもいなかった。

栖羽は戦うために剣術を覚えたのではない。生死と向き合う覚悟など持っていない。自らの命を危険に晒《さら》して荒魂《あらだま》と戦う刀使《とじ》とは、根本的に異質なのだ。

しかし、栖羽は幼さゆえの無理解から、刀使になってしまった。

それが歪《ゆが》みの発端だった。


理由がない。

刀使になってから、常にその言葉が栖羽につきまとっていた。

なぜ自分が危険を冒して荒魂《ばけもの》と戦わなければならないのか、その理由がどうやっても見つけられないのだ。

荒魂と戦う力を持っている刀使だから？　しかし栖羽は、刀使の中でも平均以下の実力で、一人で荒魂を討伐できる力はない。彼女は物語で言うなら、名前のないモブ程度の存在でしかない。強い主人公が出てくる前に、化け物の攻撃を食らって「うぅ」とうめき声をあげて倒される——その程度の役割の少女だ。仮に栖羽がいなくても荒魂は討伐されるし、栖羽程度の刀使なら代わりはいくらでもいる。だったら、自分が戦う必要はないではないか。

荒魂は危険な存在だ。刀使の中には、荒魂との戦いで重傷を負う者もいるし、命を落とす者も稀《まれ》にいる。

死と向き合う覚悟も想いもまったくなかった栖羽は、刀使になったせいで唐突に死を突きつけられた。

栖羽は責務に忠実な他の刀使たちを見ながら、「彼女たちは自殺志願者なんだろうか」と時々思った。なぜみんなはあれほど危険な任務を自ら望んでこなすのだろう?

たとえば、七之里呼吹《しちのさとこふき》という鎌府《れんぷ》内では名の知れた刀使がいる。彼女は危険な荒魂との戦いを、むしろ楽しむ。

また、鎌府女学院《じょがくいん》には来年、糸見沙耶香《いとみさやか》という天才的な刀使が入学すると決まっている。彼女はどんな危険な任務でも、恐れることなく淡々とこなすという噂《うわさ》だ。

栖羽にとっては荒魂以上に理解し難い人間たちだった。

自分にはできない。命をかけて戦う理由がない。なんの理由もなく戦って、死んだり大怪我をしたりするなんて、絶対にごめんだ。

沖縄で出会った朝比奈北斗《あさひなほくと》も、沙耶香や呼吹と同種の人間に思えた。栖羽にとって理解不能な、あまり近づきたくない人間。

けれど栖羽は今、暴走して状況不明になった彼女のことを心配している。無事でいてほしいと心底、願っている。

だからホテルの自室のドアがノックされた時、ほんの一瞬だけ、北斗が帰ってきたのではないかと期待した。

しかし目の前にいたのは、あまりの強さゆえに栖羽の幼少期からのトラウマとなっている、あの燕結芽《つばくろゆめ》だった。

「つ、燕さん……？　なななんでここに……？」

何か彼女の気に障ることでもしてしまったのだろうか。それとも今回の運用試験で栖羽は触れてはならぬ何かに触れてしまったのだろうか。結芽も特別刀剣類管理局《とくべつとうけんるいかんりきょく》の指示で動いている可能性が高い。

『粛清』という言葉が頭を過《よ》ぎる。

（ひいいいいい！　死にたくない死にたくない、痛いのは嫌あああああ!!）

心の中で栖羽は泣き叫んでいた。

結芽はためらいなく栖羽の部屋に入ってきてベッドに腰掛け、

「あー、もう！　ちゃんと命令通りにしたのに、なんで結芽がこんなことしなきゃいけないの！」

と不機嫌そうに言う。

「あの一……どういうことでしょうか？」

ないようだ。

恐る恐る栖羽は尋ねる。結芽が御刀《おかたな》を抜く気配はないから、粛清しに来たわけではないようだ。

「おねーさんを監視してろって言われたの！　紫様《ゆかり》から！」

「な、なんで……？」

「おねーさんが勝手な行動をするかもしれないからって。結芽、ちゃんと言われた通り兵隊たちを倒したし、ＧＰＳの端末だって手に入れたのに！　急に紫様から連絡が入って、今度は伊南栖羽の監視をしろーって。もう！」

結芽の言っていることは、栖羽にはほとんど理解できなかった。しかしどうやら彼女は、特別刀剣類管理局の局長である折神《おりがみ》紫から直々に指示を受けており、栖羽の監視を命じられたようだ。栖羽は北斗と仲がいいため、念のための処置だろう。

「そんなわけだから結芽、これからずっとこの部屋にいるから。よろしくー」

投げやりに言って、結芽はベッドに横になった。

「え？　ずっと？　この部屋に？」

「そうだよ。だって監視任務だもん。監視するためには、ここにいないと」

「……ええええええ!?」

「おねーさん、驚きすぎ」

結芽は呆《あき》れたように言う。

栖羽にとって結芽という少女はトラウマの源だ。しかも彼女は、意味がわからないほど強いし、気まぐれで斬りかかってきそうな危うさがある。猛獣と同じ檻《おり》の中にいるようなものである。

（嫌ああああ！　そんなの絶対に嫌だよおおお！）

しかし結芽の機嫌を損ねるのも怖いため、栖羽は拒否することもできない。


雨が降り出した。

辺りには夜の帳《とばり》が下り、空気が水分を吸って湿気を増していく。もう蟬《せみ》の声も聞こえない。

北斗は山林の中に建つ大きな廃墟《はいきよ》にいた。中城高原《なかぐすく》ホテル跡という、沖縄では有名な廃墟である。人がいない上に雨もしのげるから、隠れ場所に最適だ。

北斗は御刀を抱きしめるように抱える。御刀《鬼神丸国重《きじんまるくにしげ》》は、一度奪われたのだが、今は再び彼女の手の中にあった。

ミサイルを撃ち込まれて逃げた後、北斗は追っ手がいつまでも来ないことに気づき、引き返してみたのだ。すると、何が起こったのかわからないが、北斗を追跡していた部隊は全滅していた。

数十人もの隊員たちが倒れている中、北斗は自分の御刀が地面に転がっているのに気づいた。彼女は御刀を拾い上げ、その場を離脱した。怪我人の救助はすぐに来るだろうし、長居すれば別部隊が現れる可能性もあった。

「すぅ……はぁ……すぅ……はぁ……」

ゆっくりと息を吸い込み、吐き出す。呼吸を整えれば、精神も自ずと落ち着いてくる。

北斗は研究施設を脱走した時から、微かではあるが、ずっと意識を保っていた。八幡力《はちまんりき》を使って御刀で研究施設の壁を斬り崩し、中城村《なかぐすく》の山林に逃げ込み、銃火器を持った兵士たちに襲撃されたこともすべて覚えている。

しかし意識を保っていたというだけで、体の自由はほとんどなかった。明晰夢《めいせきむ》を見ているような感覚だ。意識はあるのだが、肉体は別人が操作しているようだった。研究施設を脱出して今に至るまで、人間を傷つけずに済んだのは、北斗がぼやけた意識を総動員して、ギリギリで自分の行動を抑えたからだ。

意識が薄まっている間に、体は勝手に動いている。だとしたら、何が体を動かしているのか？　S装備自身が？

（これが……暴走状態……）

今は体の主導権を自分自身に取り戻している。しかし、意識が完全に明瞭なわけではない。眠りに落ちる直前のように、時々自分が何を考えているのかわからなくなる。思考の連続性が途切れ、論理性が融けて、気を抜けばいつ再び理性を失ってしまうかわからない。

(――でも……やはり良いわ、このS装備という道具は)

北斗は纏っている機械的なスーツを見下ろす。

研究施設の運用試験では、普通ならば十人以上の部隊を組んで倒す荒魂を、たった一人で倒せてしまった。

しかもあれだけ連戦していたのに、膝の痛みがない。これほど長時間、全力で戦ったのは一体いつ以来だろうか。

そして驚くべきは、この防御力。ライフル銃の集中砲火とミサイルの直撃を受けて無傷でいられる刀使がいるだろうか。

素晴らしい。素晴らしい力だ。

S装備があれば誰にも負けない。

あの獅童真希《しどうまき》にも、燕結芽にも――

「本当にここにいたね」

聞き覚えのある声に、北斗の思考が遮られる。光さえない廃墟の中に、人間二つ分の影が立っていた。

北斗は御刀を持って立ち上がり、暗闇に慣れた目で影を見つめる。

そこにいたのは、折神家親衛隊の獅童真希と此花寿々花《このはなすずか》だった。

結芽はまるで自分の部屋にいるかのように、傍若無人に栖羽のベッドを占領していた。

「あー、つまんないつまんないつまんなーい！」

足をバタつかせながら言う。

「あ、あの、燕さん。お暇でしたらゲームでもやりますか？　私のスマートフォンを使っても大丈夫ですので！　あ、それとも、何か美味しいものでも買ってきましょうか？　おすすめはタコスです。私、今からちょっとパシってきますね！」

とにかく栖羽は、この猛獣の檻から一秒でも早く出ていきたかった。この場から逃げられるのであれば、パシリでもなんでも喜んでやろう。

栖羽は部屋から出ていこうとして、

「ダメ」

と結芽の声に制止される。縫い付けられたように栖羽は足を止めた。

「今はお腹空いてないし、おねーさんが出かけるなら、結芽もついていかないといけないもん」

「え⁉　な、なんでですか？」

「だって結芽、紫様から監視してろーって言われてるから。ずっとおねーさんの近くにいないとダメじゃん」

「ええ……！　じゃあ、ご飯を食べに外に出る時も、ちょっと夜中にコンビニへ買い物に行く時も、ついてくるんですか⁉」

「うん」

「お風呂やトイレの時も⁉」

「いや、お風呂とトイレは部屋の中にあるでしょ……」

「そうでした！」

結芽がジト目で突っ込んでしまうくらい、栖羽はテンパっていた。

とにかく、どこへ行くにも結芽の監視の目が光っているというわけだ。気の休まる時がまったくない。がっくりと栖羽は肩を落とす。

「というかおねーさんってさぁ、誰に対してもそんな話し方なの？　結芽の方が年下なのに、敬語なんか使って」

「いえ、燕さんの方が刀使として強いので、敬意を払わなければと思いまして！　年齢なんて関係ありません、存在価値として燕さんの方が上でございますので！　あ、燕様とお呼びした方が……」

「……燕さんでいいよ……」

結芽は呆れながら言う。

と、そこで栖羽は部屋の壁に立てかけてある、御刀《延寿国村》《えんじゅくにむら》に気づいた。まずい、非常にまずい。あれを見た結芽がふと思いついて、「そうだ、退屈だから手合わせしよーよ！」

などと言い出してはたまらない。栖羽も写《うつ》シを使えるから怪我をすることはないが、写シを使っても斬られる苦痛が完全になくなるわけではないのだ。痛いのや苦しいのは嫌だ。

栖羽は足をじりじりと動かして、御刀が自分の背中に隠れる位置に移動しようとする。

「おねーさん」

「はっ、はいっ！」

「御刀、隠そうとしなくていいよ」

バレていた。

「おねーさんと戦う気ないし。どーせ弱いんでしょ。戦ってもつまらなそうだもん」

（よかった〜〜〜〜〜！）

栖羽は自分の弱さに心から感謝した。

「あ〜あ、こんなことなら、あそこで引き返すんじゃなくて、朝比奈北斗を探しに行けばよかった。Ｓ装備つけてる今のあの人だったら、きっと楽しめたのに」

「……え？」栖羽は結芽を見る。「北斗さんがどうしたんですか？　北斗さんが今、どうなってるのか、知ってるんですか⁉」

「何？　急に目の色変えて」

「あ、ご、ごめんなさい！　大変失礼な言葉づかいを！」

「いや、別にいいけど……朝比奈北斗のことが気になるの？」

「はい……」

「結芽、さっきまであの人の近くにいたよー。あの人、兵隊たちに追われてた」

結芽は栖羽に、北斗の状況を説明してくれた。

北斗が普天間《ふてんま》研究施設を脱走した後、ＤＡＲＰＡのリディアによって捜索隊が組まれた。しかし捜索隊とはいうものの、その構成員は銃火器で武装した兵士たちだ。しかも、テスト装着者を殺してでもＳ装備を回収しろと指示を受けていたらしい。

リディアの行動に栖羽はショックを受けた。会ったのは一回だけだが、リディアはそこまで悪い人には見えなかったのだが。

しかし北斗を追っていた捜索隊は、折神紫によって指示を受けた結芽が壊滅させた。そして捜索隊が持っていたＧＰＳの位置情報受信端末を入手し、紫に渡した。

現在、北斗の捜索は折神紫の部下によって行われているはずだ。ＧＰＳによって北斗の居場所は筒抜けになるから、すぐに紫の配下の刀使たちが北斗を捕獲にかかるだろう――

「あ、紫様の指示だったこととかは、話しちゃダメだったんだっけ。……ま、いっか」

銃火器を持った部隊を壊滅させたことを、結芽は事もなげに語る。やはりこの少女は恐ろしい。異常なまでの強さはもちろんのことだが、感覚自体もどこか普通の人間とはズレている。

とにかく、北斗はまだ捜索中のようだ。しかも状況は決して良好とは言えない。捕獲することだけが優先されていて、北斗自身の安全は二の次になっている。

「あ！　そうだ！」

結芽がベッドから飛び起きた。

「ど、どうしたんですか？」

不安に思いながら栖羽は尋ねる。

「いいこと思いついた」

悪戯っ子のような笑みを浮かべる結芽。

栖羽は嫌な予感がした。

「今から朝比奈北斗を探しに行こうーっと！　それで紫様の刀使たちよりも先に見つけたら、結芽が戦えるじゃん、S装備をつけた強い刀使と！」

彼女はとにかく強い相手と戦いたくて仕方がないようだ。

「はぁ。行ってらっしゃいませ」

「なに、他人事みたいに言ってるの？　おねーさんも一緒に行くんだよ」

「ええ!?　なんで私まで!?」

「当然だよ、結芽はおねーさんの監視をしてるんだから、一緒にいないといけないの。おねーさんも一緒に来てくれないと、結芽が出歩けないじゃん」

「えええ……？」

栖羽だって一刻も早く北斗を見つけ出し、安否を確かめたい。しかし今、折神紫の部下が捜索を行っているのに、栖羽たちが勝手に動けば、邪魔をすることになるのではないか。折神紫には親衛隊という凄まじく強い刀使の側近がいると、栖羽は聞いたことがある。今、北斗の追跡を行っているのも、その親衛隊かもしれない。もし彼女たちの邪魔をすれば、どんな目に遭うか……。

結芽は強いから大丈夫だろう。しかし結芽と一緒に行動していれば、栖羽も共犯扱いになり、巻き込まれるかもしれない。

「それはちょっと……」

断ろうとすると、結芽が挑発するような目を向ける。

「ふ〜ん……じゃあ、朝比奈北斗がどうなってもいいんだ」

「え？」

「あの人を追ってた兵隊たちは、殺しても構わないって感じだったんだよ？　じゃあさ、紫様の部下の人たちはどうなんだろうね」

「…………」

今の北斗の状態がどうなっているのかはわからない。もし正気を保っておらず、無差別に人を襲ってしまうような状態だったら？

捕獲に向かっている刀使も、激しい抵抗を受けるようだったら、北斗を攻撃するだろう。

必要とあらば、殺してしまう可能性もあるのではないか。

　そこまでひどいことはしないだろうと思うが、しかし折神家や研究施設がどのような態度《スタンス》で北斗を追っているのか、わからないのだ。

「結芽たちが先に見つけた方が、安全だと思うなー」

　挑発するように、結芽は口の端に笑みを浮かべる。


　研究施設の中を一人の女がふらふらと歩いていた。

「まずい……まずいわぁ……」

　リディア・ニューフィールドはぶつぶつと呪文のように独り言を繰り返していた。時々立ち止まり、頭を掻き毟《むし》ったり、壁を拳で殴りつけたりする。

　任務に失敗してしまった。いや、失敗しただけならば、頭を悩ますほどのことではない。今までDARPAは何度も失敗してきたのだ。その失敗回数が一回増えるだけだから。

　しかし問題は、一部隊のほぼ全員が重傷を負ってしまったことだ。その責任は誰かが必ず取らなければならない。そして責任を取らされるのは、間違いなく部隊を指揮していたリディアだろう。

　降格程度では済まされない。おそらくクビを切られ、どんな罪状をつけられるかわからないが、逮捕されて起訴される。DARPAさえも利用するあの連中なら、それくらいは簡単にやる。トカゲの尻尾は容赦なく切られ、完全に抹消されるのだ。

「なんで……私が、こんな目に……！」

リディアは生まれつき、器用な人間だった。何をやらせても優秀な成果を出すことができる。それゆえ今までの人生で、大きな躓《つまず》きをしたことがなかった。

これは最初にして、そして人生を変えてしまうほどの失敗だ。研究者としての道は閉ざされ、この先に待つものは敗北感と挫折感に満ちた暗い未来のみ。

むしろ優秀でなく人並みに挫折を味わったことがある人間なら、まだ前を向いて苦難に立ち向かえただろう。この状況を冷静に捉えることができただろう。

しかし彼女は失敗を知らない。知らないがゆえに、その結果もたらされる未来に怯《おび》えた。

未知のことは恐怖である。

すなわち彼女は、優秀ゆえに、あまりにも脆《もろ》かった。

「何者なのよ……！　私の部隊を壊滅させた刀使は……!!」

もしそれが親衛隊や、折神家の懐刀と呼ばれる鎌府女学院の刀使だったら、失敗の責任を折神家になすりつけることができた。自分たちの邪魔をして、しかも同盟国の兵士に対して凶行を働いた罪は重い。今後の強力な交渉材料となり、リディアたちがS装備開発の主導権を握ることができたかもしれない。思い描いた形とは異なるが、リディアは任務成功となっていただろう。

しかし、わからないのだ。何者がリディアの部隊を潰したのか、わからない。

負傷した隊員の証言によると、刀使であることは間違いない。年齢は非常に幼く、小学生程度の子供に見えたという。リディアはすぐに普天間研究施設が持つ刀使のデータベースから、条件に当てはまる者を探した。

そのような刀使はいなかった。

対刀使用の戦闘訓練を受けたリディアの部隊は、平均的な刀使相手なら、おそらく負けることはない。その部隊をここまで一方的かつ徹底的に叩き潰した――それほど強い刀使が、データベースに載っていないなど、あり得ないことだ。リディアの部隊は幽霊にでも襲われたというのか。

「でも……間違いなく折神紫が裏で動いたのよ……状況から見て、そうとしか考えられない……！　あの女ぁぁぁっ……!!」


当然電灯などついていない、暗い廃墟の中で、北斗は真希と寿々花に対峙《たいじ》していた。

降りしきる雨の音が周囲にこだましている。

「獅童真希……なぜあなたがここにいるの？」

北斗が問いかけた。真希が平城学館《へいじょうがっかん》を去ってから、初めての再会だった。

「ボクは紫様の親衛隊だからね。今回の運用試験を視察なさる紫様に、同行していたんだ」

言われてみれば、真希の隣にいる寿々花にも、北斗は見覚えがあった。彼女は二年連続で、御前試合準優勝だった刀使——親衛隊の第二席だ。

「そう……情けないところを見られたわね、獅童さん……。運用試験は失敗。しかも暴走するなんて……」

「そうだね、無様だ」

淡白な飾り気のない口調で、真希は北斗に言う。相手を無駄に持ち上げたり、労ったりするような言葉など使わない。回りくどい会話など嫌いな北斗にとって、彼女の話し方はむしろ心地よい。

「朝比奈北斗。意思疎通ができるなら話は早い。S装備を取り外し、投降しろ」

「それはできないわね……S装備、外れなくなっているのよ。暴走してしまった影響かもしれない」

「そうか。だったらそのままで構わない。一度、研究施設に戻るんだ。古波蔵《こはぐら》博士なら取り外す方法もわかるだろう」

「断るわ」

北斗ははっきりとそう告げた。

真希の目が鋭くなる。

「投降を拒否する……ということか?」

t o j i n o m i k o

r y u k y u k e n p u r o k u

「ええ……私はＳ装備を手放さない」

もしＳ装備を返還すれば、再びこの力を手に入れられる保証はない。力に固執する北斗が、手に入れた力を易々と手放すはずがなかった。

北斗は御刀の柄に手をかけた。

「投降させたいなら……Ｓ装備を取り返したいなら、力ずくでやってみればいい」

明確な敵対行動だった。

北斗の緊張感が高まり、雨の音が耳障りに聞こえるほど五感が冴《さ》える。

親衛隊二人の表情も険しくなり、北斗を敵対存在、危険因子だと見なしたようだ。

真希は御刀を抜いた。

「力ずく、か……わかった。そうしよう」

「平城学館にいた時、あなたには最後まで勝てなかった……でも、Ｓ装備を持つ今の私なら勝てる。卑怯《ひきょう》だと罵っても構わないわ。強くなれるなら、私は手段を問わない」

それは北斗が剣士として異質な部分であった。彼女は過剰なほどストイックに剣術に打ち込み、鍛錬を積んできた人間であるが――一方で、強くなる手段が必ずしも剣術である必要はないと考えている。装備でも、ドーピングでも、魔法でも、構わない。剣術に打ち込むのは、ただ刀使である自分が最も強くなれる手段が剣術であるからに過ぎない。

「罵るわけがない」真希は言う。「むしろボクはきみの考えに同意するよ。強くなれるなら、ボクだってありとあらゆる手段を受け入れるだろう」

そんな言葉が返ってくるとは、北斗にとって意外だった。

御刀を抜いた北斗と真希が向き合う。御前試合予選の時と同じように——

「お待ちなさい」

鋭い声で制止したのは、今まで状況を静観していた寿々花だった。

「なんだ、此花?」

勝負を遮られた真希は、寿々花を睨《にら》む。

睨まれた当人は、その視線を涼やかに受け流していた。

「勝手に二人だけで話を進めないでいただきたいですわ。朝比奈さん、あなたのお相手はわたくしが致します」

「此花! ボクがやる。きみが手を出す必要はない」

真希が寿々花を威圧するが、寿々花はまったく怯《ひる》む様子がない。さすがは第二席だ。

寿々花は真希の視線を無視し、北斗に話しかける。

「朝比奈さん、あなたはずいぶんと獅童さんに高く評価されているようですわね」

飄々《ひょうひょう》としていた寿々花の口調に、なぜか少しだけ苛立ちの色が混じる。北斗にはその理由はわからなかったが。

「獅童さんに勝つおつもりでしたら、彼女よりも弱いわたくしにも当然勝てなくては。

前哨戦《ぜんしょう》としていかが？」

「……そうですね。わかりました」

どちらにしろ北斗がこの場を逃れるためには、親衛隊二人を両方とも倒さねばならないのだ。戦う順番が入れ替わるだけに過ぎない。

真希は不満げに寿々花を見るが、北斗が受けると言ってしまった以上、それを止めるほど無粋でも子供でもない。御刀を納めた。

入れ替わりに、寿々花が御刀を抜く。

「それでは、参りますわ」

「ええ……」

親衛隊第二席、此花寿々花。御刀は《九字兼定《くじかねさだ》》、流派は鞍馬流《くらまりゅう》。

彼女はある意味で真希以上の有名人である。折神家御前試合の二年連続準優勝者であることに加え、京都の名家の令嬢なのだ。北斗が通っている平城学館は奈良にあり、京都と比較的近いこともあり、此花家の名前はよく知っている。

その剣の腕前は、家名の高さに恥じぬ凄まじいものだと聞く。

（でも、負けるはずがないわ。私にはＳ装備がある……！）

二人は写シを張り、北斗が先に動いた。振るった御刀の一撃を、寿々花の御刀が受け止める。そのまま二合、三合と御刀が交わった。

北斗の一撃が勢いに満ちた荒々しいものであるのと対照的に、寿々花の剣は流れるように美しかった。あたかも老練の剣士が、若輩の剣士に対して模範の演武を見せているかのようだ。十代半ばという寿々花の年齢でこの領域に至るために、彼女は一体どれほどの鍛錬を積んだのか。同じく鍛錬によって強くなってきた北斗にとって、本来なら寿々花こそ自らの求める剣士の極致だったのかもしれない。

しかし——今の北斗は、剣術による強さしか持たなかった頃とは、剣士としての在り方が変わっている。

幾度目か御刀が交わった時に、北斗のS装備による八幡力が発動した。人間の筋力を逸脱したパワーで、寿々花を吹っ飛ばすように押しのける。

「くっ……！」

「ハァァァっ!!」

さらに八幡力を纏ったまま、北斗は御刀を振るい続ける。寿々花は北斗の攻撃を受けることなく、避けることに専念する。

空を切った北斗の御刀が廃墟の壁に当たった。壁が爆撃されたように破壊される。

壊れた壁の破片と粉塵を抜け、北斗と寿々花は山林の中に出た。

降りしきる雨の中、二人は再び対峙する。

「危ない、危ない……その強力な八幡力は本当に厄介ですわね。剣を受けることさえできませんわ」

　そう言いながら、寿々花の口調にはまだ余裕がある。

「御刀を受ければ」真希も廃墟から出てきて言う。「身体ごとへし折られるだろうね。掠《かす》るだけでも致命傷だ。本当に恐ろしいものを作り出したものだな、紫様と普天間研究施設は……。此花、手こずるなら、やはりボクが代わろうか？」

「その必要はございませんわ。相手に特別な兵法《ひょうほう》があるなら、こちらもそれに応じた兵法を使うまでのこと」

　寿々花は再び御刀を構える。

「はぁ、はぁ、はぁ……」

　北斗の呼吸が荒くなっていた。S装備の能力が発動した時から、思考がさらに霞《かすみ》がかかったようにぼやけていた。自分が何を考えているのか、何をしているのか、わからなくなってくる。

　しかし、目の前に敵がいる。奴らを退けなければならない。

「うおおおおお！」

　獣のような声をあげ、北斗は御刀を振るって寿々花に斬りかかる。寿々花は迅移《じんい》を発動して、その一撃を避けた。北斗も迅移を発動し、寿々花を追う。

　迅移にも八幡力や金剛身《こんごうしん》と同じく、段階が存在する。寿々花は迅移の段階を上げた。北斗も迅移の段階を上げ、寿々花の速度に追随する。

「迅移を第二段階まで使える……確かに優秀な子ですわ。ですが」

北斗は、そこまでだった。寿々花はさらに迅移の段階を上げ、その速度に北斗がついていけなくなる。S装備は八幡力と金剛身を発動できるが、迅移を使うことはできない。そして北斗自身が使える迅移は第二段階が限度だった。

寿々花は北斗を圧倒的に上回る速度で動き、北斗の身体に一太刀を入れる。第三段階を超えた迅移の速度にS装備の自動制御も対応できず、金剛身による防御は間に合わなかった。

「お見事」

真希の声が聞こえた。

寿々花の一撃で身体を深く斬られた北斗は、写シを剝がされて倒れる。斬られた苦痛で立ち上がることができない。

(……負ける……? S装備まであるのに……獅童真希どころか、その前の……此花寿々花にすら……勝てないなんて……)

そんなことがあってたまるか、という思いが北斗の頭の中を支配する。まだS装備の力を充分に発揮できていないだけだ私はまだ強くなれる此花寿々花よりも獅童真希よりも
――思考が激情と強さへの渇望で埋め尽くされる。

北斗はゆっくりと立ち上がり、御刀を構えた。

「私は……負けない……強い刀使になる……誰よりも……どんな相手にも負けない力を手に入れる……絶対に……誰にも……！」

うわ言のように北斗はつぶやく。その異様な姿に、真希も寿々花も忌まわしいものを見るような目を向けた。

「写シは張りませんの？」

北斗は何も答えない。

「調査報告によれば、写シは一回しか使えないはずだ」

真希の言葉通り、北斗が使える写シの回数は一回だけである。膝の故障のせいで長時間戦えない彼女は、何度も写シを張って戦うことがないからだ。

「写シが使えないからといって、手加減はしませんわよ。負けを認め、投降しては？」

生身で斬られれば、命を落とすことだってあり得る。

「必要ありません……私は負けませんから」

「……わかりました。いいでしょう」

寿々花も御刀を構える。

栖羽と結芽はホテルから外に出た。結局、結芽の口車に乗ってしまい、北斗を探しに行くことにしたのだ。

　雨が降っているため、辺りに人の姿も少ない。

「あああ……ホテルで待機してろって言われてるのに、こんな勝手なことして、絶対に後で怒られるよぉぉぉ……！　でも北斗さんを放っておけないし！　命令違反とかそういうつもりじゃないんです私はただ偶々《たまたま》外を歩いていただけで、偶然北斗さんたちのいる方向へ足が向かってしまっただけで不可抗力なので」

「あー、うるさい！」結芽が一蹴する。「探しに行くって決めたんでしょ？　だったらもうグチグチ言わないで、さっさと行くよ！」

「は、はいぃ……」

　北斗を探したいという思いと、命令違反で勝手な行動をすることに対する恐怖で、栖羽の頭はぐちゃぐちゃになっている。

「楽しみだなー。S装備つけた朝比奈北斗、やっぱり強いよねぇ」

　対照的に結芽は、これから強い敵と戦えることに喜んでいる。

　彼女は強い相手と戦うことに生きがいと楽しみを見出しているようだ。荒魂と戦うことに愉悦を感じる七之里呼吹といい、強さに異様に執着する北斗といい、どうして刀使というものは、こうも癖の強い人間ばかりなのか。

「……でも、燕さん。北斗さんがどこにいるか、わかるんですか？」

「んー、わかんない。とりあえず中城村の山の方へ行ってみようよ。まだそこにいるかもしれないから」

栖羽と結芽が中城村の方向へ歩き始めた頃、山中では御刀と御刀の打ち合う鋭い金属音が鳴り続けていた。

北斗と寿々花の戦いは、まだ勝負がついていなかった。北斗はもう写シを張ることができず、しかも迅移では寿々花に劣る。北斗に勝ち目はないはずだった。

しかし今、勝負はほぼ拮抗《きっこう》していた。

S装備による金剛身の自動発動が、寿々花の迅移の速度に対応し始めたのだ。金剛身第五段階の防御力は、寿々花の迅移第三段階の速度を乗せた全力の一撃でも、破ることができない。写シが張れなくても、金剛身の防御があれば、戦い続けることができる。

「はぁ、はぁ、はぁ……」

北斗の目からは正気の光が失われていた。

拮抗する状況と北斗の異常な様子に、今まで静観していた真希が動いた。

「朝比奈北斗の状態は明らかに普通じゃない。これ以上、戦いが長引くのを看過することはできないな」

御刀を抜き、二対一で北斗を仕留める態勢になる。

ここからは剣士同士の勝負ではなく、折神紫の命を受けた親衛隊として不穏分子の鎮圧を行う、というわけだ。

寿々花は一瞬、不満そうな表情を浮かべるが、言葉を交わすまでもなく真希の考えを受け入れた。親衛隊の第一席と第二席は、決して仲がよいとは言えないが――共に頂点に近い一流の刀使であるがゆえに、任務を遂行する上で無言の意思疎通ができる二人だった。

寿々花と真希が迅移を発動し、挟み撃ちのように北斗に迫る。

前後に避けることができない北斗が選んだ道は――上だった。

北斗は八幡力で地面を蹴り、跳躍する。そして廃墟の壁や樹木の幹を足場にして、三角蹴りを繰り返し、大地を離れていく。

さらにその途中から、S装備の背中から炎が噴出され、上空へと飛行した。北斗はそのまま地面に降りてくることなく、西の方角へ宙を移動していく。

「飛行機能……そんなものまで備えていたのか」

呆然《ぼうぜん》と空を見上げる真希。

「獅童さん、驚いている場合ではありませんわ！　追いましょう！」

まだホテルを出てから数分も歩いていないうちに、栖羽は夜空に伸びる光の線を見た。

最初は普天間基地の飛行機か何かだろうかと思った。

しかし、違う。今日、運用試験で最も間近にS装備を見てきた栖羽だからこそ、遠くからでも気づくことができた。あれはS装備だ。

「つ、燕さん！　あっちです！　あっちに行きましょう！」

栖羽は結芽を呼び止め、光の線が伸びていく方向を指差す。

「はぁ？　何あれ？」

結芽が夜空の光の線を見ながら、怪訝《けげん》そうな顔をする。

「あれ、S装備です。よくわかんないんですけど、きっとS装備は飛ぶんですよ！」

「はぁ？」

結芽はさらに怪訝そうな顔をした。


発光源は海浜公園の海岸に落ちた。

落下地点に栖羽と結芽の方が真希と寿々花より先にたどり着けたのは、単純に二人の方が近かったからだ。

海岸に倒れている北斗に、栖羽と結芽が近づく。北斗は死んだように動かなかった。

「北斗さん！」

栖羽が脈拍を確かめる。気を失っているが、北斗は生きていた。

第四章

雨の中、リディアは普天間《ふてんま》基地の敷地内を歩いていた。遠くから雷の音が聞こえる。

数時間前までは任務の失敗に取り乱し、まともに歩くことさえできないような状態だった彼女だが、今はしっかりとした目で前を見て歩いている。冷静さを取り戻したかに見えるが、しかし降りしきる雨の中で傘も差さずに美女が歩く姿は、異様であった。

「ええ、S装備のGPSを機能停止させて。そしたらぁ、特別刀剣類管理局《とくべつとうけんるいかんりきょく》の連中はS装備を追えなくなるわぁ」

リディアは携帯電話で、研究施設内にいるDARPAの研究員に指示を送り、電話を切った。

そして足の向きを変えた。

向かう先はS装備の保管室である。彼女も運用試験監督役としての権限を持っているため、その部屋に入ることは簡単だ。

海浜公園の海岸で倒れていた北斗《ほくと》からS装備を外そうとしたが、もらっていたマニュアル通りに取り外そうとしても、なぜかできなかった。仕方なくS装備をつけたままにして、栖羽《すう》と結芽《ゆめ》の二人で北斗に肩を貸し、なんとかホテルまで連れ帰った。

時間が夜で雨も降っていたため人気《ひとけ》がなかったことと、ホテルが公園のすぐ傍にあったことが幸いした。

さすがにホテルのエントランスの受付からは、訝《いぶか》しむ視線を向けられたが、栖羽は「特《とく》別祭祀機動隊《べつさいしきどうたい》です。任務の一環です。何も問題ないです」と言って押し通した。

栖羽たちは自分の部屋に戻り、北斗をベッドに寝かせる。

一段落つき、栖羽は安堵《あんど》の吐息を漏らした。

「はぁ～～～～！　刀使《とじ》の名前って、意外に力あるんだぁぁ！　エントランスで呼び止められた時、どうしようかと思った～～！」

「も～、なんで結芽まで運ぶの手伝わなきゃなんないの！　重い！」

北斗を運ぶのを手伝ってくれた結芽は、不機嫌そうに口を尖らせる。

「でも、文句言いながらも助けるのを手伝ってくれるなんて、燕《つばくろ》さんって意外にいいところもあるんですね！」

「はぁ？」

結芽が栖羽を睨《にら》む。

「ごめんなさい、ごめんなさい！　調子に乗って燕様に大変失礼な言葉を！　申し訳ございませんッ！」

栖羽は土下座しながら謝った。

結芽はドン引きしていた。

「……まぁ、いいけど。とりあえず頭を上げてよ」

「ありがとうございます！　燕さんの広くて寛容な心に、海より深く感謝して――」

「はいはい……そういうのいいから」呆《あき》れて栖羽の言葉を遮る結芽。「あと、別にこの人を助けたわけじゃないから」

「え？　でも、ここまで運ぶのを手伝ってくれましたし」

「結芽はねえ、強い人と戦いたいの。Ｓ装備をつけたこの人は、きっとそこらへんの刀使なんかとは比べ物にならないほど強いよね？　でも、今は満身創痍《まんしんそうい》だし」

ベッドで寝ている北斗は、足を研究施設での運用試験で負傷しているし、身体も所々に傷を負っている。

そして見た目以上に、北斗は疲弊しているはずだ。刀使には写《うつ》シという技術があるために、戦闘中の怪我はほとんど身体に残らない。しかし身体に残らなくとも、ダメージは確実に受けている。今、北斗が目を覚まさないのも、きっと何か激しい戦闘を行ったからだろう。

北斗は折神紫《おりがみゆかり》の部下たちから追われていた。ならば、彼女がその刀使たちと交戦しただろうことは、想像に難くない。その戦いで大きく消耗しているのかもしれない。

「だからね、結芽はこの人が回復するまで待ってる。万全の時に倒さないと、意味ないから」

結芽は待ち遠しそうな顔をする。オーブンの前でお菓子が焼き上がるのを待つ子供のように。

本当に——刀使という人たちは、栖羽にとって理解不能だ。

「それにしてもさぁ」結芽は挑発的な視線を栖羽に向ける。「おねーさんも大胆だよね。折神家に追われてる人を、自分の部屋に匿《かくま》っちゃうなんて」

「…………………ああああああああ！」

結芽の言葉で、栖羽は自分がやらかした行動の意味に気づいた。

「ななな、なんてことしちゃったんだろう、私！　指名手配犯を自分の部屋に匿っているみたいなものだよ、これ！」

「……いや、今気づいたの？」

「北斗さんを助けなくちゃって、そればっかりしか考えてなくて！　どうしようどうしようどうしよう!?　折神家の刀使がやってくるかも！　『おい、ここに朝比奈《あさひな》北斗はいないか？』『い、いません』『嘘《うそ》をつくとはいい度胸だ。本当のことを言うまで生爪を一枚一枚剝がす』『ぎゃ──助けて──！』って、そんなふうになっちゃうよ！」

「あはは！　おねーさん、なんか面白い。売れない漫才師みたい」

「そもそも燕さんのせいじゃないですか！　燕さんが私を唆《そそのか》したから……」

「はぁ？」

「ごめんなさい、ごめんなさい！　調子に乗って燕様に大変失礼な言葉を！　申し訳ございませんッ！」

「いや、土下座はもういいから……」

それに、北斗を助けたこと自体は後悔していない。動き出すきっかけこそ結芽の言葉だったが、栖羽は北斗を心配し、もし危険な目に遭っているなら助けたいと思っていた。

「……う、うぅん……」

栖羽と結芽の言い争う声がうるさかったのか、北斗が目を覚ました。

「ここは……？」

「あ、北斗さん、起きたんですね！　私の部屋です。北斗さん、海岸で倒れてて……なんか、S装備の機能で、空を飛んできたみたいですけど……」

北斗はベッドの上で身を起こし、まだはっきりと覚醒していない目で周囲を見回す。

そして結芽の姿に目を留める。

「あなたは……！　なんで伊南《いなみ》さんの部屋に……」

「いろいろあってねー。結芽はこの人の監視をしないといけないの」

結芽は栖羽を指差す。

「監視……？」

怪訝《けげん》そうな顔をする北斗だが、結芽は説明しない。

「それより、おねーさんさぁ、紫様の命令を受けた刀使の人たちと戦ってたの？」

「……ええ、そうよ」

「強かった？　その人たち」

「ええ、強かったわ」

北斗がそう答えると、結芽は楽しそうに独りごちる。

「そっかそっか。だったら、やっぱり結芽も親衛隊にならないと」

栖羽は北斗から、研究施設を抜け出してから今までに起こったことを聞いた。

運用試験中に思考がぼやけ、身体の支配権を失ったこと。研究施設から脱走した後、武器を持った部隊と折神家の親衛隊に追われたこと――

「ああ、その兵隊たちなら、結芽がやっつけておいたから、もう来ないいんじゃないかなー。みんな病院行きだと思う」

「そう……あいつらを壊滅させたのは、あなただったのね」

「うん。紫様の命令でね」

まるでお使いに行ってきた子供のような口調だった。

「一応、感謝しておくわ。逃げ切れたのは、あなたのお陰みたいだから。……ありがとう」

「お礼はおねーさんが、結芽と戦ってくれればいいよ。S装備をつけて、万全の状態でね」

「ええ……そうね」

その後、北斗を追ってきた折神家の親衛隊は、彼女に投降とS装備の返還を持ちかけてきたらしい。

それを聞いて栖羽は、少しホッとした。問答無用で斬り捨てたり、逮捕したりするようなことはなかったようだ。お咎め無しというわけにはいかないだろうが、そもそも北斗の凶行の原因はS装備にあるのだから、素直に投降すれば罪に問われることはなさそうだ。

「じゃあ、S装備を返して投降すれば……」

「断ったわ」

北斗は感情の消えた声でそう言った。

「……え？」

「S装備を返すつもりはない。このアーマーは、この後も私が使わせてもらう」

「な……何言ってるんですか！　なんで……」

「このアーマーがあれば、私は強くなれるからよ……事実、親衛隊の此花寿々花《このはなすずか》とは、渡り合うことができたわ。私は強くなるためだったら、なんだってする。このS装備が私の力になるんだったら……手放すつもりはない」

北斗は何かに取り憑《つ》かれたような口調で言う。

まだS装備の暴走の影響が残っているのではないか。しかし——彼女は元々、『強さ』に対して常軌を逸した執着を持っていた。ならば暴走とは関係なく、彼女は本当にそう思っているのか。

「でも……」

栖羽が説得しようとした時、ドアのチャイムが鳴った。

「ひゃいっ！」

突然の呼び出し音に、栖羽は比喩ではなく三センチほど跳び上がった。

「ま、まま、まさか……刀剣類管理局……？」

ドアを開けて廊下に出ると、栖羽の予想通り、そこに立っていたのは二人の刀使だった。

「刀剣類管理局、親衛隊の獅童《しどう》だ」

「同じく、此花ですわ」

親衛隊。折神紫の側近にして、全国の刀使の頂点に近い存在だ。

「伊南栖羽。S装備運用試験ではご苦労だった」

「は、はい……」

なぜ急に親衛隊がやってきたのか。まさか北斗を匿っていることが早速バレたのだろうか、と思った。だったら今すぐ土下座して謝ろうそうしよう自首すれば罪は軽くなるものだ。

しかし。

「朝比奈北斗を捜索中だが、いまだに捕縛できていない。きみのところに彼女から何かコンタクトはなかったか？　もしくは、彼女が隠れていそうな場所に心当たりはないか？」

どうやら北斗がドアの向こうにいることを、真希《まき》と寿々花は知らないようだった。

真希は栖羽の瞳を覗《のぞ》き込む。瞳を通して、心の奥底まで窺《うかが》おうとするように——

親衛隊第一席の問いかけに対し、栖羽は答えた。

「いえ、何も連絡はありません。北斗さんがいそうな場所もわからないです。第一、私、沖縄の地理にもそんなに詳しくないですし……」

「……そうか。朝比奈北斗は長時間、そして複数回、暴走状態になっている。これ以上Ｓ装備を装着したままにしておけば、彼女の心身に悪影響が及ぶかもしれない。彼女自身のためにも、急がなければならないんだ。もし何か情報があったら、些細《ささい》なことでも知らせてくれ」

「はい、もちろんです。わかりました」

真希と寿々花は踵《きびす》を返し、廊下の向こうへ去っていく。

栖羽も自分の部屋の中に戻った。

「……………うわあああああああああああ！　嘘ついちゃったあああああああ!!」頭を抱えて床にうずくまる。「どうしようどうしようどうしようどうしよう！　嘘だってバレてないかなバレてたらその場で捕まってただろうしでも泳がされてるって可能性もあるしというかどうなっちゃうんだろう私――――!?」

どうして嘘をついてしまったんだろう。冷静じゃなかった。考えるより先に、言葉が口から出てきてしまった。

これで完全に共犯者となった。もう取り返しがつかない。

「あははは！　おねーさん、すごーい。部屋の中から聞いてたけど、流れるように自然に嘘ついたね。おねーさんって詐欺師の才能あるかも」

面白そうに結芽が言う。

「そんなものないですよ！」

「ええー、そっかなー？　声も言い方もすっごく自然だったし」

結芽の言葉など無視する。今はそれよりも、これからどうするかが問題だ。

「うう、なんで咄嗟《とっさ》にあんな嘘ついちゃったんだろう……？」

なぜ――という理由。

栖羽は部屋の奥の壁に背をもたせかけて座っている北斗へ目を向けた。

理由はきっと、彼女なのだ。

『S装備を返すつもりはない』

『このアーマーがあれば、私は強くなれるからよ』

北斗の言葉が脳裏を過《よ》ぎる。

彼女の執着は正気ではないと思う。けれど、そこにはどうしようもなく切実な願いがある。彼女の願いを、必死の想いを、無視することはできなかった。


真希と寿々花は栖羽の部屋を離れた後、廊下を歩きながら話す。

「伊南は本当のことを言っていたと思うか、此花?」

「あなたはどう思いますの、獅童さん?」

寿々花は少しウェーブのかかった髪をいじりながら返す。

「……嘘はついていないように思う。何かを隠してはいるかもしれないが」

「同感ですわ」寿々花は少し揶揄《やゆ》するような口調で言う。「だいたい恐ろしい親衛隊第一席様に睨《にら》まれて、幼気《いたいけ》な中等部一年生が、あんなに淀《よど》みなく嘘をつけるとは思えません。もしあれが嘘なら、彼女はよほどの役者ですわ。相当、嘘をつき慣れている……まあ、そのようなことはないでしょうが」

真希は手に持っている携帯端末を見る。しばらく前まで表示されていた、朝比奈北斗の居場所を示す光点は、もう消えていた。

「GPSが壊れたか、それとも朝比奈北斗が気づいて取り外したか……」

「どちらにしろ、これでは朝比奈さんの居場所は追えませんわ。S装備の回収も失敗……と」

飄々《ひょうひょう》とした口調で言う寿々花を、真希は鋭い目で睨みつける。

「何を呑気《のんき》に言っているんだ、此花……これは紫様からのご命令だぞ。きみには親衛隊としての自覚があるのか？」

「そんなに青筋を立てないでください。怒っても事態は好転しませんわ。こういう時こそ、冷静に策を考えなくては」

「……何か考えがあるのか？」

寿々花は小さく頷き、

「紫様にご許可をいただき、皐月《さつき》さんを呼び出しましょう。彼女の能力ならば、朝比奈さんを見つけ出すことができるかもしれませんわ」

「……なるほど。刀使としては半端者だが、彼女の力はその点に関して有用だからな」

「投降しましょう」

壁に背をもたせかけて座っている北斗に、栖羽は訴えるように言う。

しかし栖羽の言葉は、北斗には届いていない。彼女はただ窓の外を見つめていた。雨粒が窓ガラスを打つ小さな音が、部屋の中を埋める。

「S装備が暴走したことは事故です、北斗さんに責任はありません。ですから、問題なのはS装備を返還していないことだけです！　それを返して謝れば、きっと大きな罪にはなりませんから！」

もう栖羽も腹を決めた。共犯になってしまうことは仕方がない。だからそれは諦める。しかし、北斗が大きな罪に問われるのは避けられるようにしたい。

「罪の大きさとか、そんな問題じゃないわ……重罪を負おうと、強くなれるなら構わない」

北斗の口調は静かだった。しかし曲げようがない意志の強さがこもっていた。

部屋の中にはもう一人、結芽がいるが、彼女は二人の言い争いにはまったく興味がないのか、ベッドに寝転んでスマホをいじっている。ゲームでもやっているようだ。

「このS装備はいずれ実用化されて、みんなに支給されますよ！　返したって使えなくなるわけじゃないです。だから、そんなに意地にならなくても……」

北斗は窓の方に向けていた濁った目を、栖羽の方へ向けた。

「……いずれ実用化される……？　本当にそうかしら」

「え？」

「今回の運用試験での暴走は、このS装備にとって致命的なものよ。暴走した装着者は、ほとんど理性を失う。実際に研究施設を大きく破損させたし、もし民間人が多くいるところで私が暴走していたら、負傷者だって出たかもしれない。そんな危険なものが実用化されると思う?」

「それは……」

栖羽は言葉に詰まる。確かに今回の惨状を鑑みれば、この危険性の高い兵器が実用化される可能性は低いように思えた。

「資料に、S装備には珠鋼《たまはがね》搭載型と電力稼働型の二つ構想があったと書かれていたわ。電力稼働型は性能は低いけれど、暴走の危険はない。今回の運用試験の結果を見て、珠鋼搭載型の開発は中止になって、電力稼働型の開発が進められることになるかもしれない」

「…………」

「……あくまで予想よ。珠鋼搭載型が改良されて暴走の危険性がなくなって、いずれ実用化されるかもしれない……。どこまで行っても、『かもしれない』『可能性がある』、そういう話でしかない。でも、万が一このS装備が欠陥品として廃棄されて、二度と手に入らなくなったら……私は後悔する。死ぬほど後悔する」

北斗は栖羽に、S装備に包まれた腕を差し出して見せる。S装備の表面には、煤《すす》や御刀《おかたな》の微かな切り傷がついている。対戦車ミサイルの砲撃や、親衛隊たちとの戦いの中でついたものだ。しかし大きな破損もなく、今でも戦闘態勢に入ればすぐに性能を発揮できるだろう。

　特別刀剣類管理局が生み出したその兵器を、栖羽は何も言わずに見つめる。

「伊南さん、このS装備はね、すごいわよ。一対一なら、親衛隊と対等に渡り合えた。このS装備があれば、私は最強と同格の強さになれるの」

「でも……！　暴走だって起こるし、使いこなせないんじゃ、意味ないですよ！」

「使いこなせるようになってみせるわよ……今もちょっとだけS装備に意識を持っていかれそうになるけど、絶対に使いこなせるようになってやるわ……。これがあれば、これがあれば、力が手に入るのよ。私は……どんなことをしても、強くなりたいのよ……！」

　力への狂気に近い執着。手放さないという決意。絶対の拒絶。

　しかし同時に、北斗の言葉はまるで泣き声のように聞こえた。

　まだたった二日くらいの付き合いだが、北斗の強さへの執着がどれほどのものか栖羽は知っている。その執着を、彼女はどれほどの間、抱え続けてきたのだろう。

　執着を抱え続けることには、莫大《ばくだい》なエネルギーが必要となる。それはひどく困難なことなのだ。

　北斗にとって『強さ』とは、きっと自分が存在するために不可欠なもので、それがなければ生きていくことだってできないようなもの。憧れて、望んで、執着して、冀《こいねが》って、必死に手を伸ばしてきたもの。

やっとそれが手に入った。しかし今、自分の手のひらから、砂のように消えようとしている。だからこぼれ落ちないように、必死になって砂が落ちる穴を塞ごうとしている。泣きそうになりながら――

その行為を、どうして否定できようか。栖羽には説得する言葉がない。

（私には……何もできない……）

北斗のために何もできない。栖羽には彼女のような執着がないから。何かに対する強い意志も持ち続けたことがないから。そんな栖羽の言葉は軽すぎて、重い意志を抱えた彼女を動かすことができない。

「つ、燕さん！」栖羽は結芽に呼びかける。「燕さんは、折神紫様の命令で動いてるんですよね？　だったら、一緒に説得してくださいよぅ。S装備を回収しないといけないんでしょ？」

自分より年下の小学生に助けを求めるという情けない行為を、ためらいなく行えるのが伊南栖羽という少女である。栖羽は北斗を救いたい。自分の力で足りないなら、小学生にだろうと猫にだろうと助けを求める。

しかし結芽は栖羽の方を見ることもなく、素っ気ない。

「いーやだよ。結芽が紫様から受けた命令は、監視だけだし。S装備のことは何も言われてないから、回収の手伝いをする必要なんてないよね」

「うぅ……」

「それにさぁ……結芽はS装備を装着した、万全の朝比奈北斗と戦いたいの。だって、すっごく強いんでしょ？　だったら、この人が回復して結芽と戦うまで、S装備は回収させないよ。邪魔するなら、おねーさんを斬っちゃうかも」

　獰猛な猫科肉食獣の目で、結芽は栖羽を見る。

「ひっ」と栖羽は小さく悲鳴をあげた。結芽は味方ではなく、敵だった。

「まぁでも、おねーさんは頑固だなぁ、と思うけどねー」

　からかうように言う結芽を、北斗は刺すような鋭い目で見る。

「……あなたにはわからないわよ、燕さん。強い……あなたにはね……」

「わからない、か」結芽はつぶやく。「さぁ、どうだろうね」

　その時の結芽の顔は、普段の子供っぽさが消えて、少しだけ大人びているように栖羽には見えた。なぜだか理由はわからないけれども。


　それから三時間ほどが過ぎた頃――。

　普天間基地の間近にあるアパートメントホテルの屋上に、二人の刀使がいた。古波蔵《こはぐら》エレンと益子薫《ましこかおる》である。

エレンは双眼鏡で普天間基地の方を見ている。このホテルの屋上からは、普天間基地の滑走路が見えるのだ。

そして今、一機の飛行機が普天間基地に到着した。

「WOW、来マシタよ！　あれが折神家の専用機デスね！」

双眼鏡を覗き込みながらエレンが言う。

体力のない薫は夏の暑さが堪えるらしく、疲れ切ったように屋上の床に寝そべってい御刀も床に放り出している。

「薫、起きてクダサイ、そんなところに寝そべってると、服が汚れてしまいマス」

「もうダメだ……夜になっても暑い……。冷房の効いた部屋で寝ていたい……」

「ねね～……」

薫のお腹の上に乗っている益子家守護獣のねねも暑さにやられているのか、疲れたような声をあげる。

「そういうわけにはいきマセン！　研究施設《ラボ》にいる舞草《もくさ》の人からの報告だと、あれに乗っているのは皐月夜見《よみ》デス」

皐月夜見――折神家親衛隊第三席。有名人である獅童真希や此花寿々花に比べ、彼女は親衛隊の中でも存在感が薄い。伍箇伝《ごかでん》の鎌府《れんぷ》女学院《じょがくいん》出身だが、在校時に真希や寿々花のような華々しい経歴は一切ない。刀使としての実力は並み程度だと言われる。それにも拘《かか》わらず、なぜか親衛隊という全国の刀使の中核とも言える役目についている、謎めいた刀使だ。

ともあれ、これで沖縄に親衛隊の第一席から第三席までの全員が揃《そろ》ったことになる。

「……ということは、そろそろ今回の任務も終わりか」

「そうデスね。親衛隊の全員を、長時間鎌倉から離れさせることはできマセン。遅くとも数時間のうちに、折神家は決着をつけにかかると思いマス」

「あー……じゃあ、最後にひと頑張りと行くか」

薫は緩慢に身を起こし、自分の身長の二倍以上はあろうかという巨大な御刀《祢々《ねね》切丸《きりまる》》を抱えた。

エレンと薫の予測通り、この事件は間もなく——夜明けを待たずに終結する。

窓を打つ雨の音が、いつの間にか消えていた。

ホテルの一室に三人の刀使がいる。伊南栖羽、朝比奈北斗、燕結芽。本来は一人用の部屋だから、三人もいると少し狭い。

時間は午前二時を過ぎている。ベッドは結芽が一人で占領していて、もう眠ってしまったらしく、さっきから身じろぎ一つしない。

結芽にベッドを取られてしまったので、栖羽は三人掛けのソファーに身を横たえていた。普段ならもう眠っている時間だが、まったく眠気が来ない。

室内にいるもう一人――北斗は、部屋の隅で壁に背をもたせかけて座り込み、ずっと窓の向こうを見ている。彼女は何もしゃべらない。表情にも感情はなく、何を思っているのか、わからない。

栖羽は目をつぶる。視界が暗闇になる。

眠ることは逃避だった。本来なら栖羽は北斗を説得すべきなのだ。この友人の罪を軽くするために。

しかし、栖羽には北斗を説得することができない。そうできるだけの言葉を、栖羽は持たない。

どうすることもできないから、栖羽は眠りに逃避する。眠って、翌朝目が覚めれば、事態は何か好転しているかもしれないと思いながら。もちろん、そんなことはあり得ないのだが。

せめて自分が北斗と同じくらい重い意志を背負っていれば、彼女を説得する言葉を言えたかもしれない。言葉は言葉自体が重要なのではない、誰がその言葉を言うのかが重要なのだ。矜持《きょうじ》もなく、決意もなく、理由もなく、ただなんとなく刀使として生きてきただけの栖羽が何を言っても、北斗の命懸けの執着を揺るがすことはできない。

理由がない――また、その言葉が脳裏を過ぎる。

鎌府女学院に入学する前、小学校時代に通っていた剣術道場のことを、栖羽は思い出す。道場に通い始めたのは十歳の頃だった。確か、テレビで刀使の演武を見たことがきっかけだ。少女たちが御刀を振るう姿は、格好よく美しいと思った。だから深い考えもなく、家から一番近い道場に通い始めた。同世代の他の友人は英会話教室やピアノ教室、スイミングスクールなどに通ったりしていたから、両親も栖羽自身もそれと同じ『習い事』の一種としか考えていなかった。

道場の先生がたびたび口にしていた言葉がある。『相寸の撃合を習はす、皆相撃合体を主とす、是《これ》平日十分の執行を為し、身を死地にはめんが為なり』。その言葉の意味を知ろうとしたことはなく、伍箇伝に入学して道場をやめた時点でも、栖羽は意味を理解していなかった。

伍箇伝に入学してから、他の剣術流派の人と接する機会が増え、自分の雲弘流《うんこうりゅう》という流派を意識するようになり、あの言葉の意味を少し調べてみた。結局よくわからなかったが、敵と相討ちで死ぬこと上等、普段から自分を死の危険に置く覚悟を持つべし――というような意味だろうと解釈した。

ああ、そんな激しい流派だったのかと、その時初めて知った。しかし、栖羽には死ぬ覚悟なんてないし、『死んでも何かをやってやる』という決意を持ったことも生まれて一度もない。刀使という仕事も、命を危険に晒《さら》してまで続ける気概はないから、やめてしまおうかとさえ思っている。

もしも――

もしも栖羽が雲弘流の剣士らしく、死をも厭《いと》わず御刀を振るうような刀使だったら――何かに命懸けになれるような刀使だったら――北斗を説得することができたのだろうか。

でも、何のために？

何のために命懸けになればいいのだ？

命を懸ける理由がない。

死んでも成し遂げたいことなんて、思いつかない。

命を捨ててもいいと思える目標なんて、見つからない。

栖羽が思考に沈んでいると、苦しげな声が聞こえた。

「く、うぅ……はぁ、はぁ」

栖羽は閉じていた目を開け、起き上がって声の方を見る。北斗が床に手をつき、顔を歪《ゆが》めていた。呼吸が荒くなり、額には汗がびっしりと浮かんでいる。

「どうしたんですか、北斗さん！」

焦って北斗に駆け寄る。

「はぁ、うぅ……ダメね……また意識が乗っ取られそうになってた」

「え……」

「自分の意識が途絶えそうになると、S装備に意識を持っていかれる……今、眠りそうになってしまったからだわ……」

眠ったら暴走してしまう。

それでは眠ることさえできないではないか。

「そんなのって無茶ですよ！　ずっと眠らないでいられるわけないじゃないですか！」

「大丈夫よ……少しずつ身体をS装備に慣れさせていけば、きっと暴走なんてしなくなるわ。きっと……」

『慣れればなんとかなる』なんて、無茶な精神論だ。時間をかければいつか身体が慣れるという保証はないし、慣れる前に心身が壊れるかもしれない。親衛隊の真希も言っていたではないか――これ以上S装備を装着したままにしておけば、北斗の心身に悪影響が及ぶかもしれない、と。

「もう……やめましょうよ」

「…………」

栖羽の言葉に北斗は何も返さず、無言で立ち上がった。

「少し外に出てくるわ。眠気覚ましに」

「だったら、私もついていきます」

北斗のことが心配だった。今の彼女はいつ壊れてもおかしくない、そんな危うさがあった。一人で送り出せば、もう戻ってこない気がした。

どうすれば、彼女を止めることができるのだろう。

どうすれば、彼女に言葉を伝えることができるのだろう。

北斗はドアの方へ向かうが、足取りがおぼつかない。今にもよろけて倒れてしまいそうだ。

栖羽は何も言わず、静かに彼女を支えた。自分より肉体的にも精神的にもずっと強い北斗が、今はひどく弱々しい。

二人が部屋を出ていく。

そしてその様子を、窓の外から覗いている者がいた。人間ではない。蝶《ちょう》に似た形をした小型の荒魂《あらだま》が数匹。荒魂は北斗と栖羽が部屋から出ていくのを見届けると、窓から離れて夜闇に消えた。

リディアはS装備を纏《まと》い、普天間基地内を歩いていた。栖羽が試験で使っていたS装備である。

さらに、手には一本の御刀が握られていた。銘は知らない。運用試験前、S装備への工作を発見されたため、捕らえて監禁した刀使の御刀だ。

御刀を振るってみる。ひゅん、ひゅっと風を斬る小気味良い音が響く。

「S装備に銃火器でもいいけどぉ……やっぱり組み合わせとしては御刀かしらねぇ……あぁ、懐かしいわぁ……この感触ぅ」

彼女が御刀を握るのは、これが初めてではなかった。

なぜなら、彼女は元刀使である。

十代前半の頃、彼女は日本で暮らしており、伍箇伝の美濃関学院《みのせきがくいん》に在籍していたことがあった。まだ相模湾岸大災厄《さがみわんがんだいさいやく》から数年しか経っておらず、日本に災害の爪痕が残されていた時代だ。特別刀剣類管理局が折神紫を頂点とする体制となり、彼女が辣腕を振るい続け、刀使に関するあらゆることを改革していた頃。荒魂への対応方法、刀使の管理方法、ノロの処理方法などが劇的に変わり始めた頃。

当時、日本全国に出現する荒魂の量は、二〇一七年現在よりも多かった。リディアは珍しい海外出身の刀使で、能力もかなり優秀な部類だった。

元刀使だからこそ、北斗が研究施設を脱走した時、リディアは彼女がカメラを破壊したことを見抜けた。

元刀使だからこそ、近代兵器で刀使と戦う方法を考案し、指揮下の部隊に教え込むことができた。

元刀使だからこそ、折神紫の恐ろしいほどの有能さを知っており、ＤＡＲＰＡが紫を出し抜こうとしていることに懐疑的なのだ。ＤＡＲＰＡがどんな手を使っても、彼女を出し抜くことなどできないだろう。だからＳ装備開発からは手を引くべきだったのだ。

「やっぱりぃ……折神紫に関わるべきじゃなかったわ……あんな化け物に……」

リディアは折神紫を人間と見なしていない。彼女は妖魔の類――欧米風に言うなら、デビルかデーモンだろう。紫は十九年前の大災厄の頃から、容姿がまったく変わっていない。刀使としては最強の強さを持っており、そしてＳ装備のブラックボックス部分を開発するなど専門の研究者以上の知能を持つ。歳をとらない肉体、人間離れした強さ、人間離れした知能。あれは間違いなく人外の存在だ。

しかし、もうリディアは紫に関わってしまった。リディア自身も紫を過小評価していたのかもしれない。少しつつく程度だったら、優秀な自分なら大丈夫だと思ってしまったのだ。その判断ミスのせいで、今彼女は窮地に陥っている。後悔しても遅いが、せめて失敗は取り返さなければ。

「朝比奈北斗を殺してぇ……Ｓ装備を取り戻す……それとぉ、私の部隊を潰したガキを……殺す……絶対に殺す……殺す……」

リディアの目は憎悪に染まり、異様な光を放っている。その原因は自分の失敗に対する絶望、そして失敗の原因となった北斗と謎の幼い刀使に対する憎しみだけではない。

彼女はＳ装備を装着している。既にその影響が少しずつ現れ始めているのだ。

「おい。待てよ、お前」

その時、リディアの背後から声が聞こえた。少女の声でありながら、乱暴な少年じみた口調というミスマッチ。リディアが振り返ると、そこには背の高い刀使と背の低い刀使が立っている。背の低い刀使の頭には、奇妙な小型獣が乗っている。

益子薫と古波蔵エレンとねねだが、リディアは彼女たちのことを知らない。背が低い刀使を見て、もしやこの幼い少女が自分の部隊を潰した刀使か――と一瞬思ったが、すぐに違うとわかった。抱えている巨大な御刀は、部隊を潰した刀使の特徴と一致しない。

「そのS装備は置いていけ。ロクなことに使わねえつもりなのは、間違いなさそうだからな」

「Yes!　グランパとパパとママが作ったものを、人殺しや犯罪の道具に使うのは、断固としてNOデス！」

「ねねー！」

二人の刀使の言葉に、小型獣が同意するように鳴き声をあげる。

どうやら彼女たちは、リディアが身につけているS装備を取り返すつもりのようだ。二対一という不利な状況だが、リディアは負ける気がしない。このS装備には、それだけの力がある。

リディアは御刀を手に持ち、切っ先を薫とエレンに向けた。

t o j i n o m i k o

r y u k y u k e n p u r o k u

「面倒だな」辟易《へきえき》した顔で薫は言う。「大人しく渡してくれりゃ、オレたちの仕事はそれで終わり！　あとは沖縄で休暇を楽しむって流れになるんだが……どうせ朝比奈北斗が持ってるS装備は、折神家が回収するだろうからな」

「薫、休暇はワタシたちのスケジュールに入っていマセン。きっとすぐに戻ってこいって言われマスよ。宿泊費だってタダじゃありマセンからね」

「ちっ……しかし人使いの荒い学長様なら言いそうだな」

緊張感なく話す二人だが、話しながらエレンと薫は御刀を抜き、隙を見せない。ただの能天気な刀使ではない。

リディアは十数年ぶりに刀使としての能力を使う。刀使は年齢が幼いほど御刀の力を引き出せると言われる。リディアはとっくに刀使としての最盛期を過ぎている。普段のリディアであれば、写シ、迅移《じんい》、金剛身《こんごうしん》、八幡力《はちまんりき》などの刀使としての力は、一切使えないだろう。

だが――

直後、リディアは今まで立っていた場所から消失した。同時に薫の目の前に立っている。迅移である。

リディアの御刀が袈裟斬りに薫に向かって振るわれた。薫は反応できていないのか、一切動かない。一瞬の後、両断された薫の死体が地面に転がる――

はずだった。

しかし、リディアの一撃はエレンの脚に防がれた。空手の上段蹴りのように高く突き上げられた脚が、リディアの御刀を受け止めたのだ。

「あらぁ……足癖の悪い刀使もいたものだわぁ……。純粋な剣術家じゃないわねぇ、あなた。その脚の動きは空手かしら。御刀を受け止めたのは金剛身の力ね」

「Yes. 剣術はタイ捨流《しゃりゅう》。アンド、琉球空手の黒帯も持ってマス」

にっこりと笑顔で答えるエレン。

一方、彼女の相棒の薫は、眉をひそめてリディアを見る。

「お前、刀使の力を使えるのかよ。その年齢で御刀の力を発揮できる人間は、折神紫は例外として、聞いたことないんだが」

「私もぉ、使えるとは思ってなかったわぁ……ふ、ふふ」

リディアは歪んだ笑みを浮かべる。おそらくこれもS装備の影響だろう――刀使としての力が蘇《よみがえ》っている。

「じゃあ、こっちも本気でやらねーとな」

薫が御刀を構える。持ち主の身長の倍以上はあろうかという、桁外れに巨大な御刀。彼女の小さな体で、どうやってあの得物を扱うつもりなのか。御刀を振るえば、逆に彼女自身が振り回されそうだ。

薫、エレン、リディアはそれぞれ写シを張り、臨戦態勢となる。

「ハアアッ！」

リディアは迅移を使い、攻撃を仕掛ける。まずは倒しやすそうな薫に狙いを定めた。

しかしその攻撃を、またもエレンが防ぐ。リディアの一撃は、刀で受け止められた。

「キエエエエエエエエッ！」

薫の口から、小さな体のどこからそんな大きな音が出るのかと不思議になるような声——彼女の流派『薬丸自顕流《やくまるじげんりゅう》』の特徴の一つである猿叫《えんきょう》が響き渡る。同時に、巨大な御刀が振るわれた。

遠心力を利用した特徴的な振るい方だ。リディアはその斬撃を避けるが、振るわれた刃は地面を割り、深い疵痕を刻み込む。凄まじい威力の斬撃だった。

リディアは敵の戦闘方法を推測する。どうやらこの二人はタッグで戦うタイプであり、金髪の方がディフェンダー、小柄な方がアタッカーのようだ。

しかし、わかっていない。この二人はS装備の力をわかっていない。

リディアはエレンに斬り込む。

「ワンパターン、デスね！」

当然、エレンは先ほどと同じようにリディアの斬撃を受け止める。

もしS装備の力をわかっていたら、絶対に御刀を受けたりしない。

「ハァァアッ！」

リディアは両手に力を込める。Ｓ装備によって八幡力が発動する。一気に第五段階を発揮した。

八幡力第五段階の力は、まさに絶対。鋼鉄だろうと金剛石《ダイヤモンド》だろうと叩き潰す。使っている武器が『絶対に壊れない』という性質を持つ御刀でなければ、得物の方が先に粉砕されるほどの力だ。

リディアの攻撃を受けたエレンは、一瞬の後に潰れた肉塊となる――はずだった。

だが。

エレンは八幡力第五段階の攻撃を受け切った。エレンも余裕のある表情ではないが、受け切れるということ自体が、あり得ないことだ。

「……っ！　なぜ……！」

「ワタシも使えるんデスよ……第五段階。金剛身だけデスけど」

同時に、薫の猿叫が響いた。

上方に跳び上がった薫が、リディアに向かって御刀を振り下ろす。

「くっ……！」

防御のため、リディアのＳ装備が金剛身を発動させる。薫の斬撃の威力は高いが、金剛身第五段階の防御力は絶対。余裕で受け切れるはずだ。

しかし、リディアの御刀が薫の御刀を受けた瞬間、体が軋《きし》むような感覚を覚えた。まずい、潰される――そう感じたリディアは、薫の刀を受け流す。

「ふ、ふふ……おかしいわぁ……S装備の金剛身が……」

「おかしかねーよ。オレも使えるからな――八幡力第五段階」

古波蔵エレンは金剛身第五段階を、益子薫は八幡力第五段階を、それぞれ修得している。

二人が揃えば、スペックではS装備に並ぶのだ。

「ま、そういうわけでオレたちが適任っつーことで、ここに送り込まれたんだろうな」

「ねねー！」

相槌を打つように、薫の足元にいる小型獣が鳴き声をあげる。

エレン・薫とリディアは、スペックで同格。

ならば、あとは個々人の技量の勝負となる。刀使として長いブランクがあるリディアの方が不利だ。

しかし――

「バカねぇ……やっぱりあなたたちは、この珠鋼搭載型S装備の力をわかっていないわぁ」

リディアは斬りかかる。エレンが受け、薫が反撃でリディアを斬りつける。

二合、三合と、深夜の普天間基地に金属のぶつかり合う音が響く。

リディアが不利かと思われたが、彼女は互角――否、それ以上に優勢だった。

「S装備の素晴らしい点は、単純に金剛身と八幡力を使えるだけじゃなくてぇ、それらが自動制御されるということよぉ。私が反応できない攻撃でも、自動的に防御してくれる。敵を攻撃する時は、自動的に攻撃力が上がる……しかも、あなたたちみたいに、いちいちコンビネーションをする必要もない」

エレンと薫の表情にも余裕はない。

「予想以上に厄介だぞ、こいつ」

「Yes……やっぱりグランパたちが作ったものはgreatデス」

「感心してる場合じゃねえだろ……」

そして薫とエレンが苦戦している理由はもう一つあった。リディアの太刀筋が捉えづらいのである。素人のように滅茶苦茶に御刀を振り回しているだけのように見えて、きちんと有効打を入れてくる。しかも、普通の剣術では邪道とされる、脚への攻撃もためらわずに行う。

「エレン……こいつ、こいつが使ってるのは剣術なのか?」

「わかりマセン……ワタシも初めて会うタイプデス。ワタシのタイ捨流と空手みたいに、複数の武術を混ぜ合わせたものかもしれマセン」

薫とエレンは警戒を強める。

しかし、リディアの目的はこの二人組を倒すことではない。しかも長時間戦闘を続ければ、ここは普天間基地の中だ。誰かが駆けつけてくる可能性も高い。

「あなたたちにぃ、構ってる暇はないのよねぇ……」

「オレたちだって、お前に構いたくなんかねえんだよ。さっさとお縄に――」

薫の言葉の途中で、リディアは二人に急接近した。そして八幡力の最大出力で剣を振るい、力任せにエレンと薫を吹っ飛ばす。倒すことではない、とにかく二人を自分から離れさせることが目的だ。

そして次の瞬間、リディアは迅移でその場を離脱した。

吹っ飛ばされた薫を、空中でエレンが抱きかかえ、金剛身で防御力を高めて着地する。

「逃げやがった、あのヤロウ……」

エレンにお姫様だっこされた状態のまま、薫はリディアが消えた方向を見つめる。

「追いまショウ！」

「ねねー！」

エレンは迅移を使い、リディアが消えた方向へ走る――薫を抱えたまま。

「いや、わかったから、その前にオレを下ろせ！」

「いいじゃないデスか、お姫様だっこされてる薫はキュートデス」

「うるさい……」

しかしリディアは既に姿を消し、どこに逃げたのか見失ってしまった。

第五章

深夜になっても、夏の暑さは完全になくなるわけではない。しかし、昼間のような息苦しいほどの熱は空気中からなくなり、歩いていても肌が汗ばむことはない。

通りに人の姿はまったくない。S装備を纏《まと》っている北斗《ほくと》の姿は目立つから、栖羽《すう》は少し安心した。

ホテルは海浜公園の間近だから、静かな夜闇の中に少しだけ波の音が聞こえる。

栖羽と北斗はどちらからともなく、海の方へ歩き出した。

二人はしばらく何も話さなかった。

無言のままで、ただ足が地面を踏む音だけが響く。

やがて、沈黙を破ったのは北斗の方だった。

「昔ね……すごく尊敬する先輩がいたのよ」

北斗はまだ刀使《とじ》になったばかりの頃の事件を、栖羽に話した。

自らのミスのせいで、尊敬する先輩が引退せざるを得なくなったこと。その時に言われた言葉――『これから強くなればいい』。

それ以来、ずっと北斗は強さだけを求めて生きてきた。

「あの事件の日から、剣術の練習ばかりしていた。強くなるために、少しでも時間が惜しかったから、練習以外のことは何もしなくなったわ。友達とも話さなくなったし、テレビも見なくなったし、本や漫画も読まなくなった。……そしたら、いつの間にか学校でも孤立してた。でも、それで構わないのよ。余計なことに時間を取られずに済むから」

栖羽は、平城学館《へいじようがつかん》にいる北斗の姿を想像する。

いつも険しい顔をして、武道場で御刀《おかたな》を振るっている。それ以外には何もしない。周囲には人は誰もいない。

ずっとずっと、たった一人で御刀を振るい続けている。

それはひどく寂しい光景に思えた。

二人は砂浜にたどり着いた。周囲には誰もいない。昼間はエメラルドグリーンに輝く美しい海も、夜はタールのように黒い。

「北斗さんの脚って……その一年生の事件の時に怪我したものなんですか」

「いいえ。脚はね、勝手に壊れただけ」

「え……」

「……ある日、朝起きたら脚が動かなくなってた。驚いたわ。半日くらいしたら、なんとか動いて歩けるようにはなったけど」

まるでたわいない雑談をするように。

まるで平穏な日常の一片を切り取ったように。

不思議なほど穏やかに北斗は話す。

「医者に診てもらったら、トレーニングのしすぎだって。まだ体が成長しきってないんだから、訓練をしすぎるのもいけないって」

「じゃあ、それからは訓練を減らして――」

「変わらないわよ」栖羽の言葉を北斗は遮る。「変わらず、ずっと鍛錬をするだけよ。別にトレーニングの量を減らしたりはしなかった。そのうちに、長い時間運動すると、脚が動かなくなる体になってた」

「そんな……。訓練を再開するにしても、ちゃんと休養を取ってからすればよかったのに……」

「休んでる間に、弱くなってしまうでしょう? 鍛錬は一日だって欠かしたらいけないわ」

その信念に、彼女の体は壊されたのだ。

彼女は今まで一体どれほどのものを失ってきたのだろう。平穏な時間を失い、友人を失い、娯楽を楽しむことも失い、健康な体を失い――

そしてこんな生き方で、これから一体どれだけのものを失っていくのだろう?

強さのために。

力を手に入れるために。

過去を変えることはできないのに。

『強くなる』——たったそれだけのことのために、どれだけの代償を支払うのだろう。

朝比奈《あさひな》北斗という人間は初任務の時に壊れてしまったのだ、と栖羽は思う。そして壊れたまま、意志の強さだけで生き続けている。故障した車が、無理矢理走り続けているようなもの。バラバラに分解されていないのが不思議なくらいだ。

「私は……その北斗さんの先輩を恨みます」

「……怒るわよ」

底冷えしそうな冷たい口調だった。もし私の大切な人を侮辱するならきっと殺す——言外にそう言っているように聞こえた。

しかし栖羽は言葉を止めない、

「だってそんなの、呪いみたいなものじゃないですか！　その人の言葉は呪詛《じゅそ》ですよ！ずっと北斗さんを縛り付けてる！」

「この生き方は私が勝手にやってるだけよ」

「そうだとしても……！」

その先輩には当然悪意なんてなかっただろう。失敗して落ち込んでいる後輩を慰めようと思って言った言葉だったはずだ。

けれど、結果的に北斗を縛り付けてしまった。朝比奈北斗は、その先輩が思っている以上に、愚かしいほど生真面目で責任感が強かったからだ。

「北斗さんは、過去に囚われすぎです……」

「違うわ。私は……これからの未来で、二度とあんな思いをしないために、強くなるのよ」

お互いの思いは混ざらない。栖羽の言葉は、やはり北斗には届かない。

「見つけたよ、朝比奈北斗……そして伊南《いなみ》栖羽」

「――!?」

栖羽は振り返った。雨を吸って重くなった浜の砂を踏みしめながら、三人の刀使が近づいてくる。真希《まき》と寿々花《すずか》、そしてもう一人は栖羽のよく知っている刀使だった。

「折神紫《おりがみゆかり》の親衛隊は三人……あなたが最後の一人ってわけね」

北斗が御刀に手をかける。

警戒する北斗に対し、三人目の親衛隊は感情が消えたような平淡な口調で言う、

「親衛隊第三席、皐月夜見《さつきよみ》です」

「どうしてここがわかったの？　ここに来るまでも、一応人目につかないよう注意していたんだけど」

「皐月には」答えたのは真希。「ちょっとした特技があってね。戦闘については決して優

秀とは言えないが、索敵と捜索に関して右に出るものはいない」

真希の言葉を、夜見は無言で聞いていた。まるで感情のない人形がそこに立っているように見える。

「しかし驚きましたわ、伊南さん。まさかあなたが朝比奈さんを匿《かくま》っているとは……ホテルであなたの部屋を訪ねた時、平然と嘘《うそ》をつきましたのね」

寿々花は栖羽を見る。直情的に怒りをぶつけてくるわけではなく、面白がるような薄笑いさえ浮かべているが——栖羽は蛇に睨《にら》まれたカエルのように身がすくんだ。

「朝比奈北斗。今度こそボクたちと一緒に来てもらおうか。S装備は回収する」

「……前にも言ったでしょう？　断るわ」

北斗は頑なだ。

「だったら、前と同じく力ずくで……この前はうまく逃げおおせたが、今回はそうはいかないよ」

真希が御刀を抜く。

北斗も抜刀した。

「あ……」

栖羽の口から弱々しい声が漏れた。状況が最悪の方向へ進んでいく。

親衛隊の三人を相手に、S装備がどれほど強力だったとしても、北斗は勝てるのだろうか。いや、もし勝てたとしても、罪の上塗りになるだけだ。

事態は悪化していく。どこまでも、どこまでも。

どうすれば止めることができる？

どうすれば？

どうすれば？

（私は——）

北斗を助けたい。さっきからずっと、栖羽はそれだけを考えている。

（……助けたいんだ）

ずっと過去に縛られて、ボロボロに壊れながら生きている彼女を、栖羽は助けたいのだ。

しかし、彼女の言葉は北斗には届かない。

だったら——

「待ってください」

対峙《たいじ》する北斗と真希の間に、栖羽の声が響いた。砂浜にいる全員の視線が彼女に集まる。

「私が北斗さんを止めます」

北斗も真希も『理解できない』というように眉をひそめた。

「あなたが私を止める？」北斗が言う。「どうやって？」

「なんで北斗さんは、そんなにＳ装備にこだわるんですか」

「強くなれるからよ」

「だったら……だったら、私がそれを否定します。S装備なんて強くないって、私が証明してみせます」

「……だから、どうやって？」

「S装備をつけた今の北斗さんを、私が倒します。私の刀使としての強さは平均以下です。私は弱い刀使です。そんな弱い私に負けるなら、そのS装備は全然強くないってことになりますよね」

「………」

「S装備が強くないってわかったら……もう、手放してくれますか」

栖羽の言っていることは、無理矢理にひねり出した無茶な理屈だ。

しかも前提が間違っている。

「どうして」威圧するような北斗の声。「どうしてあなたが私に勝てるなんて思えるの？　ふざけて言っているの？」

北斗は栖羽の実力を知っている。

刀使として使える能力は、迅移《じんい》の第一段階と写《うつ》シのみ。金剛身《こんごうしん》も八幡力《はちまんりき》も使えない。その他に特別な技能も持っていない。

昨日の夜、北斗は立ち合い稽古をした時に相手役になってもらったから、栖羽の剣術の腕も並み程度だとわかっている。また、S装備運用試験中に荒魂《あらだま》と戦った時も、明らかに栖羽は北斗より弱かった。

それにも拘《かか》わらず、栖羽は生身の状態で、S装備を纏った北斗に勝つと言う。

「伊南栖羽、お前の戯言《ざれごと》に付き合っている暇はない。今ここで聞き分けのないテスト装着者を少し痛めつけて、拘束して連行すれば、事は終わりだ」

真希が淡々と告げる。確かに彼女の言う通りだ、今から栖羽がやることはS装備回収と北斗の捕獲という親衛隊の任務には関係ない。真希たちが栖羽の理屈に付き合う理由もない。

けれど――

「それじゃ北斗さんが救われません……」

縋《すが》るような声で栖羽は言う。

「ボクたちの務めは紫様の命を果たすこと。お前たちの事情など考慮する必要は――」

「いえ、やらせてみてはいかがでしょう」

真希の言葉を遮ったのは皐月夜見だった。今まで人形のように無言で状況を見守っていた刀使が、なぜか栖羽の言葉に賛同した。

「……皐月。なんの考えがあって、そんなことを言う?」

真希が夜見に目を向ける。

「私はあのS装備の性能を見ていません。一度見ておくことは、後学のためになるかと」

「…………」

真希は口をつぐむ。夜見の意図がいまいち読めなかった。元より無口・無表情でわかりにくい人間ではあるが。

「そうですわね。やらせてみても良いかもしれませんわ」

寿々花がウェーブのかかった髪を指先でいじりながら言う。

「此花《このはな》まで……」

「あのS装備が厄介なことは、前回わたくしが手合わせしてわかっていますわ。伊南さんが先に戦うことで、消耗させられるなら悪くありませんわ」

そしてもう一つ、寿々花には思惑があった。栖羽では北斗の相手にはならないだろうが、その後親衛隊が北斗を捕獲する段階になった時、珠鋼《たまはがね》搭載型S装備の力を知らなければ夜見が不意打ちを受けて倒され、逃亡される可能性がある。夜見の刀使としての弱さを考え、万全を期すためにS装備の力を見せておくべきだ。親衛隊は一度北斗に逃亡を許している以上、二度目の失敗は絶対に犯してはならない。

三人のうち二人が言うなら、真希も反対できなかった。御刀を鞘《さや》に納め、臨戦態勢を解いた。

「それなら早く終わらせろ。どのみち朝比奈北斗、伊南栖羽、お前たちにもう逃げ道はない」

「ありがとうございます」

栖羽は真希たちに頭を下げ、そして北斗に向き合う。

「やめなさい、怪我をするだけよ。痛い目に遭いたくはないでしょう」

栖羽の性格を北斗はわかっている。戦うことは好きではないし、痛いことや怖いことも嫌う。本当に刀使には向いていない性格だと思う。それなのになぜこんな無謀な戦いを提案するのだろう。

「北斗さんは根が善人なんですよね。いつも私のことを心配してくれる」

栖羽の手は少し震えていた。S装備を纏った北斗は、栖羽よりも圧倒的に強いだろう。だからこれからの戦いは、おそらく栖羽が一方的に痛めつけられるだけの戦いになる。痛いのは嫌いだ。強くて怖い相手と戦うのは嫌だ。しかしそれでも、栖羽は退かない。

なぜなら——

「だって、北斗さんは言ってくれました……私が暴走したら止めてくれるって。そう言ってくれたんです」それは運用試験の時に北斗が栖羽を安心させるために言った言葉。「だから……だから、私だって北斗さんが暴走したら、止めるんです」

そして栖羽は、自らの御刀《延寿国村《えんじゆくにむら》》を抜いた。

「あなたに何ができるっていうの？　弱いあなたに」

北斗も御刀《鬼神丸国重《きじんまるくにしげ》》を構える。

「私は弱いです。でも、北斗さんを助けたいんです」

栖羽は写シを発動した。

北斗も写シを使う。

親衛隊はまるで剣術試合の立会人のように、二人の対峙を見る。

「勝負にならないだろう」真希は言う。「実力差がありすぎる」

「ええ、そうですわね。まあ、誅伐対象同士が潰し合ってくれる分には、わたくしたちにマイナスはありません」

真希も寿々花も、栖羽はS装備を纏った北斗に勝てないと確信している。

しかし夜見がポツリとつぶやいた。

「案外……伊南さんが勝つかもしれません」

戦いが始まり、そして一瞬で終わった。

北斗が地面を踏み込む——と同時に、栖羽の目の前に北斗の姿があった。

速い——

そう思う間もなく、栖羽は身体を両断されていた。写シが剝がされ、地面に倒れる。

北斗はS装備の力すら使っていなかった。迅移で接近し、斬っただけだ。たったそれだけのことに栖羽は対応できなかった。S装備なしでも、そもそも北斗の剣士としての実力は栖羽をはるかに上回っている。

「S装備の力を見せることもできなかったな」

冷めた口調で言い、真希は御刀を抜こうとするが、夜見が制した。

「いえ、まだです」

栖羽がゆっくりと立ち上がる。そして再び御刀を構えた。

「やっぱり、北斗さんは強いですね……。さあ、続けましょう」

そう言って再び写シを張る。

北斗は少しだけ驚いた。まだ経験が浅く、そして『平均以下』の能力しかない刀使が、写シを二回も使えるとは思わなかった。

しかし──それがどうした？

北斗は再び迅移を使い、栖羽に斬りかかった。今度は栖羽も対応できていた。同じく迅移を使い、北斗の一閃《いっせん》を御刀で受ける。

北斗のS装備の八幡力が発動された。一気に第三段階。凄まじい力で栖羽は御刀ごと吹っ飛ばされる。そして体勢を整える前に、北斗に一太刀で斬られた。

栖羽は再び砂浜に倒れる。

もうこれで起き上がってくることはないだろう。そう思い、北斗は親衛隊の方へ体を向ける。

「続けましょう、北斗さん……」

「⁉」

北斗は声の方を振り返る。

栖羽が再び立ち上がり、御刀を構え、写シを張っていた。三回目の写シを――。

「……あなたにそんな特技があるなんて思わなかったわ」

三回も写シを使える刀使は、全国でもあまり多くはないはずだ。栖羽にそれができることはひどく意外だった。


北斗と栖羽の戦いは続いた。

しかし、S装備を纏っている上に地力が勝っている北斗に、栖羽は一方的に押され、斬られるだけだ。

だが――斬られても栖羽は立ち上がり、写シを張る。

何度でも。


（おかしい……）

栖羽が五回目の写シを張った時、北斗は状況の異常さをはっきりと認識した。

なぜこれほど何度も立ち上がることができる？

なぜこれほどの回数の写シを使うことができる？

「伊南さん……なんなの、あなたは……」

五回も写シを使える刀使など北斗は知らない。いや、五回目で終わりとは限らない。まだまだ何度でも使えるかもしれない。終わりが見えない。

真希もこの異様な状況を訝《いぶか》しんでいた。

「なんだ、これは……？　伊南栖羽の調査報告には、使える写シの回数は一回だけと書かれていたはずだ。鎌府《れんぷ》は情報を隠していたのか？」

ただ一人、夜見だけが相変わらずの無表情のままだった。伊南栖羽と同じ鎌府女学院《じょがくいん》の出身である夜見だけが。

「いえ。鎌府女学院もあの能力を認知していません。おそらく学長も気づいていないでしょう」

「皐月さん、あなたは知っていましたの？」

「一度だけ、彼女が二回目の写シを使うのを見たことがあります。ですが、私の見間違いだったかもしれないと、半信半疑でした。鎌府に入学してから四ヶ月程度ですが、彼女はそれを隠していたようですね」

入学して御刀に選ばれたものの、栖羽は極めて凡庸な刀使だった。剣術の腕前も平均以下、刀使固有の能力もほとんど使えない。

そんな中で、たった一つだけ彼女が得意な技術があった——それが写シである。一年生の中で、誰よりも早く『写シ』を安定して使えるようになった。鎌府女学院の高津《たかつ》雪那《ゆきな》学長と同校の研究班はそれに注目し、夏までの間に栖羽に特別なカリキュラムを施した。

写シの回数を増やすための訓練カリキュラムである。

刀使は一体どれほどまで写シの回数を増やすことができるのか、そして写シを多く使える刀使は戦力として有用なのか、という実験でもあった。

鎌府女学院は一部の刀使に、そのような特別育成を施すことがある。たとえば来年入学することが決まっている天才刀使・糸見《いとみ》沙耶香《さやか》にも、既に高津学長が直々に考案したカリキュラムが施されている。

だが、伊南栖羽に関しては完全に失敗だった。どのような訓練を施しても、結局栖羽は写シの回数を一回から増やすことができず、成果を出すことはなかった。よって七月に特別カリキュラムは打ち切られ、彼女は名実共に『平均以下』の刀使に埋没した。

——鎌府女学院の公式データでは、そうなっている。

しかし、実際は違っていた。

栖羽はその訓練期間に、使える写シの回数を増やしていた。だが、それを隠し、報告していなかった。

夜見は任務で鎌府女学院に出入りする時、何度か栖羽を見かけたことがあった。刀使の訓練ではない、友人との遊びのような立ち合いで、栖羽は二回目の写シを使ったことがあった。夜見は偶然それを目にしたのだ。

「なるほど」寿々花は呆《あき》れと感心の半々で言う。「だから彼女は、あんなにも上手に、朝比奈さんを匿っていないと嘘をつけたわけですか。鎌府の学長や研究班への隠し事が日常茶飯事になっていたなら、わたくしたちへの隠し事も顔色一つ変えずにやれるでしょう」

夜見はS装備ではなく、栖羽の能力を見極めたかったのかもしれない――寿々花はそう思った。だから栖羽が北斗と戦うことに、夜見は賛成したのではないか。

五回目の写シを張った状態で、しかし栖羽には余裕がまったくなかった。

確かに栖羽は他の刀使よりも、はるかに多い回数の写シを使うことができる。だがその回数は無限ではない。栖羽が使ったことのある写シの最高回数は七回。そこから先は自分でも、何回写シを使えるかわからない。

また、写シのお陰で戦闘を継続することができても、北斗と栖羽の間には、絶望的なまでの実力差がある。アリが何匹集まっても、ライオン一匹には勝てない。

そして何よりの問題は――写シを使えば斬られても致命傷にはならないが、しかし苦痛が完全に無効化されるわけではない、ということだ。軽減はされるが、斬られる痛みと感覚を味わうことになる。

刃が肉を通り、
骨が砕き斬られ、
血管が破れ、
内臓組織が分断され、
血と体液がこぼれ落ちていく。
たとえ感覚だけでも、それは限りなく栖羽に死を感じさせる。
（だから……この能力と戦い方は嫌だ……）
栖羽が力を隠し、使える写シは一回だけと偽り続けてきた理由は、そこにある。たとえ死なずに戦いを続行することはできても、死ぬほど痛いし苦しいのだ。
もしこの写シの力を知られれば、その苦痛を何度も味わいながら戦い続けることを強制されるかもしれない。そんな戦い方に耐えられるわけがない、きっと正気でいられない。
だから隠した。写シを使える回数は一回だけだと偽った。
けれど、今。
こんな戦い方は絶対に嫌なのに、絶対にやりたくなかったのに、栖羽は自らの意志でそれを行っている。
「はぁ、はぁ……まだ、私は、戦えますよ、北斗さん……」
息を切らしながら、御刀を握りしめ、北斗に対峙する。

t o j i n o m i k o

r y u k y u k e n p u r o k u

「くっ……！」

北斗も御刀を構える。

今度は栖羽の方から攻撃を仕掛けた。北斗は栖羽の斬撃を御刀で受ける。

「ハァァァッ！」

そのまま何度も斬り結ぶが、やがて栖羽は北斗の攻撃を受けきれなくなり、またも斬られた。

しかし栖羽は再び御刀を握り、立ち上がる。そして六回目の写シを張った。


一体何度栖羽を斬ったのだろう？　どれくらいの時間、戦い続けているのだろう？

北斗は感覚が狂い始めていた。

斬った相手が何度も何度も立ち向かってくるなんて、そんな戦闘は人間相手でも荒魂相手でも経験したことがない。

しかも最初は一太刀で倒せた栖羽だが、何度も戦闘を繰り返すうちに、次第に斬り結ぶ回数が増えている。栖羽が北斗の太刀筋に慣れ、対応し始めているのだ。

栖羽が写シを使う回数は、八回目となった。

（七回以上、使えたんだ……）

自分でも驚いてしまう。

八回も写シを使えたことにも、これだけ斬られてまだ立っていられることにも。

戦うことは嫌だ。怖いし痛いから嫌だ――そう思っていた。

しかし今、栖羽は戦い続けている。

（なぜ――？）

なぜ、ここまで頑張ろうと思うのだろうか。

答えは簡単だ。ひどく明確だ。

（この人を助けたいからだ……北斗さんを助けるんだ、絶対に……！）

だから、死ぬほど苦しくても痛くても、栖羽は戦いを続行する。

「ハァァッ！」

自らを奮い立たせるために声をあげ、栖羽は御刀を振るう。

北斗はその剣を受ける。

二人が何度も御刀を交える音が、夜の海に響く。

理由がない――

栖羽はいつもそう思っていた。

命を懸けて戦う理由がない。なぜ刀使たちは、平然と命の危険を冒して戦えるのだろう？

自分にはできない。自分の身を危険に晒《さら》し、苦しい思いや痛い思いをしてまで戦う理由がない。

けれど、今は。

（理由が……できたよ）

御刀を振るう理由がある。命を危険に晒しても、どんな苦しい思いや痛い思いをしても、この剣で為さなければならないことがある。

だから――今の栖羽は一歩も退かない。

（みんな……刀使の人たちは、同じなのかな……？　こんな思いで、戦ってるのかな……）

戦う理由は、刀使それぞれで違うだろう。北斗のように強くなるために御刀を振るう人もいるだろう。人々を荒魂から守るために御刀を振るっている人もいるだろう。誰かの命令を遂行する忠義のために御刀を振るう者。戦うことそのものを楽しむ者。家名を守るために。自分の名誉のために。お金のために。目標とする人に追いつくために。

百人の刀使がいれば、百通りの『理由』があるだろう。

（私の、理由は――大切な友達を助けるためだ。少しでもその人のために、何かできることをするためだ……！）

栖羽は弱い刀使だ。少し変わった特技はあるが、ただやたらと死に難《にく》いだけに過ぎない弱い刀使だ。物語で言うならモブキャラだ。脇役だ。死に難いだけの能力なんて、まさに脇役に相応しいではないか。多くの人々を守れる力なんてない。世界を救おうなんて思わない。だから――

守るのは、自分の大切な人だけでいい。そのためだけに御刀を振るう。

戦う理由ができた。

栖羽は、やっと、刀使になれた気がした。


北斗は目の前の少女を御刀で斬った。

もう九回、いや、十回は斬っただろうか。

だが、栖羽は立ち上がり、また立ち向かってくる。

「はぁー、はぁー、はぁ……」

「ぜえ、ぜえ……はぁ……」

お互いに息を切らしている。

（……私……疲れている……いつの間に……）

北斗は今初めて、そのことに気づいた。

最初の立ち合いは、一撃で栖羽を倒すことができた。しかし栖羽は、立ち上がって御刀を交える度に、北斗の剣技に少しずつ対応していく。そのため、北斗が栖羽を一回倒すために必要な時間は増していき、体力を消耗していく。S装備は高機能だが、疲労の軽減はできない。

戦い始めてから、時間はどれくらい経っただろう？　一時間？　いや、もっと経っている気がする。

「はぁ……ふぅー……」

呼吸を整え、北斗は御刀を構える。

雨水を吸った砂浜を踏み込み、北斗は栖羽に仕掛けた。

栖羽は北斗の動きについてくる。金属の打ち合う音が響く。

まともに剣を受ければ、S装備の八幡力で押し切られるため、栖羽は北斗の剣を受け流す。そして隙をついて、反撃の一太刀を入れようとしてくる。

北斗は栖羽が上段から斬り下ろした剣を、受け止める。

「どうして」北斗は叫ぶように言う。「どうして、そんなに立ち向かってくるのよ……！　なんで諦めないのよ、あなたは！　これだけ力の差があるのよ、勝てるわけない！　なのに、なんで！　なんで立ち上がるのよ！　なんで剣を振るい続けられるのよ！」

何度も身体を斬られる苦痛と感覚に、なぜ耐えきれるのか。

普通の人間なら、死ななくてもとっくに戦意を喪失している。人間は死ななければ戦い続けられるわけではない。

狂気とも言える意志の為せる業だ。

「なんで――」

北斗の言葉に栖羽は答える、

「北斗さんが好きだからです」

——と。

「会ったばかりの頃は少し怖い人だと思っていました……自分にも他人にも厳しくて、私とは正反対の人。傷だらけになっても戦い続ける強い人。そんな人から見れば、きっと、私みたいに、弱くて、なんの信念も目標もなくて、刀使に全然向いてない人間は許せない。私、冷たくされるか、怒られるか、馬鹿にされると思ってました。だから逆に、私は北斗さんとの距離を詰めたんです」

それは栖羽の処世術だ。怖い人に対する時、むしろ距離を詰め、仲良くなろうと近づく。猟師は自分の懐に逃げ込んできた鳥を撃たない。距離を詰めれば、攻撃されることは少なくなる。

「でも、距離を詰めて近づいたら、北斗さんのことがよく見えるようになったんです。北斗さんはいつだって『仕方ないわね』って顔をしながら……やること為すこと、全部優しいんだってわかったんです」

「そんなこと……ない……」

北斗はいつだって強くなることだけに執着して生きてきた。それ以外に何も必要ない、だから他人に優しい態度なんて取るはずがない。

「空港で私が迷って途方に暮れてた時、私はきっとすごく変な子だったのに、見捨てないで話しかけてきてくれました」

「……それは、あなたが目立ってたし、目的地は同じだと思ったから……」

「訓練する時間が大切なのに、私が沖縄を回りたいって言った時は、付き合ってくれました」

「……ずっと部屋にいるあなたが鬱陶しかったからよ……」

「足の怪我のせいで、長く歩けないのに、一緒にいてくれました」

「……」

「私が燕《つばくろ》さんに馬鹿にされた時も、怒ってくれました。

S装備が暴走するって聞いて怖がってた時、私を止めてくれるって言ってくれました。

運用試験中も、私が荒魂に殺されそうになった時には、守ってくれました。

どれも……きっと北斗さん自身は、意識もしていないくらい些細《ささい》なことですよね……？

でも私は嬉しかったんです。この人は、とても優しい人だってわかったんです。いい人だって思ったんです。初めは怖い人だと思いましたけど、今は好きになりました。だから――」

北斗は八幡力で、力任せに栖羽の御刀を弾く。栖羽がバランスを崩したところで、彼女を斬った。

栖羽は倒れるが、また立ち上がる。

「だから――私が北斗さんを止めます。S装備を、捨てさせます」

「黙りなさい！」北斗は叫ぶ。「私は強くなれればそれでいい！　他に何もいらない！

私は――私は、力を手放さない!!」


そして、およそ二時間に及んだ戦いがようやく終わる。


「――ハァァァ！」

北斗が迅移で栖羽に接近し、八幡力第五段階を発動させ、突きを入れる。

栖羽の身体は貫かれる。いや、八幡力の爆発的な力を乗せた突きに、『貫く』という表現は適当ではない。その衝撃は突かれた一点を中心に、写シによって形成された霊体を粉砕する。生身ならば、骨格が砕け、内臓が潰れ、肉が引きちぎられているだろう。

だが、栖羽は写シを解かなかった。

北斗の御刀が栖羽の身体に突き入れられるのと同時に、栖羽が振るった御刀の一閃が、北斗の身体に叩き込まれていた。

八幡力と金剛身は同時には使えない。攻撃のために八幡力を使っていたS装備は金剛身を発動できず、その絶対防御を栖羽の御刀はくぐり抜けた。自らも死ぬ相討ち覚悟でのみ可能な、S装備の攻略法だった。

栖羽の剣術流派『雲弘流《うんこうりゅう》』は、相討ちを厭《いと》わぬ決死の剣を信条とする。そんな信条なんて相容れないと感じていた栖羽だが、今の彼女は紛れもなく雲弘流の剣士だった。

だが、北斗が敗れた最大の理由は――彼女自身にあった。北斗は脚の怪我のため、長時間の戦闘にまったく慣れていなかったし、それを想定した鍛錬を積んでいなかった。そのため集中力とスタミナの持続ができなかったのだ。二人の実力差を考えれば、北斗が『長時間戦う』ということにさえ慣れていれば、絶対に栖羽が勝つことはできなかっただろう。

栖羽に斬られた北斗は、写シを剝がされる。栖羽も写シを剝がされたが、彼女は歯を食いしばり、もう一度写シを張った。

「勝負あり……のようだね」

そう告げたのは真希。

北斗は写シを一回しか使えない。写シを使わず、S装備の力を頼みに戦うということも可能だが、もう栖羽はS装備の防御をくぐり抜ける方法を見出してしまっている。

真希の言う通り、勝負は決したのだ。

『北斗を助けたい』という栖羽の執着が、北斗の『強くなりたい』という執着を上回った。

魂が抜けたように、北斗は砂浜に膝をついた。

その体を栖羽が支える。

「負けた……そう……負けたのね……」

北斗は感情の消えた声でつぶやく。

写シの回数が異常に多いという栖羽の能力は、決して脅威的なものではない。なぜなら何度復活することができても、実力差は覆らないのだから、結局弱い者が勝つことはできないからだ。もし栖羽が真希や寿々花と戦ったとしたら、たとえ写シを百回使っても千回使っても勝てはしないだろう。ただ、長時間戦うことに慣れていない北斗に対してだけ、彼女の力は絶大な効果を持つ。

「……S装備の力なんて、全然大したことないんです……だって『平均以下』の刀使の私にだって勝てない……」

栖羽の理屈は、本当はS装備の力の否定になどなっていない。

けれど――

これ以上、北斗は戦う気にはなれなかった。こんなにも自分のために命を削ってくれた少女の想いを、見てしまったから。

「獅童《しどう》さん……」北斗は真希の方を向く。「投降するわ……このS装備も、返還する」

真希は頷き、北斗と栖羽の近くに来た。

「朝比奈北斗。どのような罪状となるかは、紫様の判断にお任せすることになる」

「ええ……」

「だが、自首してきたということは、紫様にお伝えしておく。お前はボクたち親衛隊が捕獲する前に、自分から投降した」

北斗は意外に思った。あの厳しい性格の真希が、北斗を少しだけ気遣ってくれたのだ。

他の親衛隊の二人も北斗と栖羽の傍に来る。

「伊南さんによく感謝しておくことですわね、朝比奈さん。あなたの罪が少しでも軽くなるとしたら、彼女のお陰ですわ。ともあれ、これでひとまず任務は終了。皐月さんも鎌倉に戻らなくてはならないでしょうし——」

寿々花の言葉は、途中で砂を踏む音に遮られた。

同時に、栖羽の身体が御刀で貫かれていた。御刀の切っ先は、栖羽の傍にいた北斗をも貫く。

御刀の持ち主は——S装備を纏ったリディア・ニューフィールドだった。

「あ……」

栖羽が御刀を受けた位置は右肺で、写シを張っていなければ死んでいただろう。

北斗は写シを使っていない状態で肩を抉《えぐ》られた。不意打ちすぎて、臨戦態勢を解いていたS装備は、金剛身を発動させることもできなかった。

リディアは栖羽と北斗から御刀を引き抜く。

「ぐっ……う、あ……」

気が遠くなるような痛みの中で、北斗は倒れる。栖羽も十六回目の写シでさすがに限界が来たのか、倒れたまま気を失って立ち上がらない。

「あらぁ……両方とも死んでないわぁ……しぶといわねえ……」

澱《よど》んだ感情を凝縮したような声で、リディアはつぶやく。

真希が御刀を抜き、リディアに一太刀振るう。リディアはその攻撃をS装備の金剛身で防御し、距離を取った。

「お前は……DARPAのリディア？　……刀使だったのか」

先ほど彼女が一瞬でこの場に出現したのは、迅移によるものだ。S装備には迅移を使えるようになる機能はない。つまりあれはリディア自身の能力に他ならない。

「朝比奈さん！　伊南さん！　しっかりなさい！」

寿々花が二人に呼びかける。

北斗は意識を手放さないようにするのが精一杯で、立ち上がることもできない。栖羽も倒れたまま動かない。

「リディア……どういうつもりだ？」

真希は射抜くような視線をリディアに向ける。

「どきなさい、折神家の犬どもがぁ……。あのガキはぁ、どこぉ……？　私はぁ、そいつを殺すのよ……殺す……殺す……どこにいる……？」

リディアが言う『あのガキ』とは誰のことなのか、北斗や親衛隊たちにはわからない。しかしリディアの様子から、彼女が正気でないことは明らかだった。

北斗自身も体験したからわかる――あれはS装備の暴走状態だ。話は通じない。説得は不可能。しかも金剛身と八幡力の第五段階を使用でき、戦闘能力は凄まじく高い。

「お前たちを……殺して聞き出せばぁ……いいわね……」

殺意が北斗と親衛隊たちの方へ向けられた。

北斗は抉られた肩を押さえる。血は意外と出ていない。運用試験で荒魂に足を刺された時と同じく、S装備が傷口を塞いでいるのだろう。もちろん気が遠くなりそうな痛みがあるが、戦える。なんとかギリギリで戦える。

北斗は息を吐き、御刀を地面に突き立て、足に力を入れ、立ち上がった。その動作で、刺された肩から血が溢《あふ》れ出た。

「私が……相手になってやるわよ……」

S装備を持った者には、S装備を持った者が対抗する。

北斗は自分の足元に倒れている栖羽に、一瞬だけ目を向ける。彼女は気を失って逃げることもできない。消耗している今の北斗では、彼女を抱えて逃げることもできない。ならば、北斗がここで踏みとどまり、栖羽を守らなければ。

（昔、先輩が私を守ってくれた時も……こんな気持ちだったのかもしれないわね……）

そう思った。

だが、真希が前に出る。

「下がれ、朝比奈北斗」親衛隊第一席が御刀を構える。「投降した以上、きみは既に特別《とくべつ》刀剣類管理局《とうけんるいかんりきょく》の保護下にある。だから、これ以上戦う必要はない。そしてリディア……ボクたちへ御刀を向けたこと、S装備を許可なく持ち出したこと、戦意のない少女を殺そうとしたこと——お前は自首扱いにはならないぞ」

しかし相手は、S装備を纏った刀使だ。寿々花はS装備を纏った北斗に苦戦した。もしリディアがS装備を使いこなせるなら、真希も勝てる保証はない。

「黙れ、犬がァ！」

リディアが御刀を大きく振るい、真希へ斬りかかる。八幡力を警戒し、真希は正面から受けることはせず、数合の剣撃を受け流す。

「なるほど」真希は眉をひそめる。「およそ剣術らしくない御刀の振るい方と体捌《たいさば》きだ。一見、大振りで無駄な動きが多いように見えるが、非常に実戦的でもある。日本の剣術ではないね、苗刀《みょうとう》か」

苗刀——それは中国の刀術の中で最強と言われる技術である。

十六世紀、中国は明《みん》王朝の武将が日本の剣術の優秀さに着目し、それを自軍の戦闘に取り入れた。以降、日本剣術は中国大陸でも一部の者に使われるようになり、独自に進化を遂げていく。そして生まれたのが苗刀という刀術だ。

数ある中国武術の刀術の中では明らかに異物であり、得物は日本刀に近い形状の長い刀で、日本剣術のように両手で柄を握って振るう。

だが、中国で独自進化した苗刀は、日本剣術ともやはり根本的に異なる。刀の振るい方や体捌きも異質であり、多くの日本剣術で邪道とされる攻撃方法も有効ならば使う。

「初めてそれを見る剣術家にとっては、戦いづらい流派だね。加えて、S装備による能力の底上げもある」そう言いつつ真希の顔には焦りも動揺もない。あくまで冷静に敵の戦力を分析している。「ボクも本気で行かせてもらおうか」

そして、勝負は一瞬でついた。

リディアは真希に斬られ、写シを剥がされて砂浜に倒れる。

「え……？」

彼女は愕然《がくぜん》とする。何が起こったのかわからない。なぜS装備を纏った自分が、こうもあっさりと倒される――？

「ボクはここまでS装備《それ》を纏った朝比奈北斗の戦いを二度見せてもらった。攻略の仕方はとうにわかっている。小手先の力が、いつまでも通用すると思っていたのか」

寿々花がやったように、迅移を使って速度で上回って斬る。もしくは栖羽がやったように、八幡力と金剛身は同時に使用できないという隙をついて斬る。

S装備の八幡力は攻撃を受けなければ脅威ではない。金剛身による防御は絶対ではない。

「刀使を、舐めるな」

冷たい目で真希はリディアを見下ろす。

「う、あああ*！*」

リディアは写シさえ使わず、立ち上がると同時に斬りかかる。真希は難なくその剣を避け、リディアの肩を御刀で貫いた。

「あ……ああああ*!!*」

「写シを使えなくとも容赦はしない。まだやるか？」

北斗は言葉を失っていた。獅童真希の強さを、自分は完全に見誤っていた。S装備があれば対等になれると思っていたが、大きな間違いだ。北斗がS装備を纏っても、彼女には到底及ばない。

あれが親衛隊第一席。はるかな高み、頂点に近い刀使。

寿々花と夜見もリディアを拘束するために近づく。

しかしその瞬間、凄まじい炸裂《さくれつ》音が響き閃光が走った。音と光は、その場にいる者の聴覚と視覚を奪う。

「――*！*」

リディアがスタングレネードを使ったのだ。

北斗や真希たちが感覚を取り戻すまでにかかった時間はわずか数秒。しかし、リディアが逃亡するには、充分な時間だった。


リディアは迅移を繰り返し、基地に戻ってきていた。部下の隊員たちの武器が保管してある部屋に入る。

彼女は手当たり次第に銃器を持ち出し、そして再び基地から出た。

「今度は……確実に、殺す……！」

その時、彼女は自分の背後に人の気配があることに気づいた。

「——！」

ハッとして振り返る。小柄な少女が立っていた。

「あはは、気づいたー？　おばさんが基地に入った時からつけてたんだけど。ぜーんぜん気づかないいんだもん」

少女は御刀を持っている。

部下から聞いていた情報と一致する——彼女が部隊を壊滅させた刀使だ。

「それにしても、本当に基地に帰ってきた。紫様の言う通りだったよ」

「このガキがぁぁぁあっっ!!」

リディアはサブマシンガンで撒き散らすように銃弾を放つ。すべてはこのガキのせいなのだ。こいつがいたせいで、すべてが狂ってしまった。絶対に殺す！

しかし燕結芽《ゆめ》は、銃弾をすべてあっさりと避けてしまった。

「あーあ、こんなところで銃なんか撃たないでよ。人が来ちゃうじゃん。一応、誰にも見つかるなって言われてるんだけど」

「黙れっ!!」

リディアは片手で銃弾を撒き散らしながら、もう片手で御刀を振るう。

「銃に、御刀に、S装備。そーんなにたくさん、ガチャガチャ使ってさぁ。カッコ悪」

その言葉の直後、リディアの眼前に結芽が出現する。結芽が使っている能力は単なる迅移の第一段階である。リディアも使うことができる技だ。しかし、なぜこうも簡単に間合いを詰められてしまうのか。迅移の発動タイミングや迅移中の足運びが、結芽は圧倒的に優れているからだ。同じ技でも天才が使えば、ここまで違いが出る。

そしてリディアは、間合いを詰められただけで、自分が完全に追い詰められたことに気づいた。銃火器は間合いを取ってこそ力を発揮する。狭い間合いでは扱いづらい。また苗刀は御刀の動きが激しい分、やはり距離を取ってこそ力を発揮する刀術だ。

一方、結芽の御刀は脇差《ニッカリ青江《あおえ》》である。刀身の短い脇差は、狭い間合いでも比較的振るいやすい。

リディアは迅移で間合いを離そうとするが、結芽はぴったり張り付いて離れない。

「私はおばさんみたいに、いろいろガチャガチャ使ったりしない。S装備もノロの力も使わない。自分の力と御刀だけで戦う。だってそうじゃないと、私の強さを刻みつけられないから」

結芽はリディアを斬りつける。

その時金剛身が発動し、結芽の御刀はリディアの身体に当たって止められた。

(そうよ、私にはS装備があるわ……そう簡単には、金剛身の防御は破れない!)

真希は数回、S装備を纏った者が戦うところを見ていた。そのため金剛身を破る方法を理解していた。

しかし結芽は、S装備の力を見るのは初めてだ。彼女は金剛身という絶対防御を破る方法を知らない。

「硬《かった》ぁ~! あー、金剛身だっけ? ふーん……」

だが、燕結芽は天才である。

幼い刀使は、小さく息を吸った。

踏み込む足音と同時に、打突音が鳴った。リディアの身体に、突きが入れられたのだ。

天然理心流《てんねんりしんりゅう》、左足剣《さそくけん》――通称、三段突き。

結芽の突きは、リディアの身体を貫いていた。真希に写シを剝がされたせいで、写シを使っていなかったリディアは、その場に崩れ落ちるように倒れた。

「な……なんで……なぜ、金剛身が……？」

「金剛身なんて、切れるタイミングに突けばいいだけじゃん」

結芽は事もなげに言う。しかしS装備の金剛身は自動制御されており、切れた次の瞬間には再び発動し、ほぼ永続的なガードを可能とする。北斗がライフル銃の掃射を受け続けた時にも、S装備の金剛身はそれを防ぎ切った。

銃弾よりも早く、そしてコンマ一秒以下のごくわずかな瞬間を捉える精密さがなければ不可能だ。人間業ではない。

「……あーあ、全っ然つまんない！　弱すぎ。もっともっと、強い刀使と戦わなきゃ……」

苛立ったように結芽は言う。同じS装備をつけた刀使でも、北斗だったらもう少しいい勝負になったかもしれないと彼女は思う。

「……う」

少しだけ気分が悪くなった。身体の中で、自分のものではない何かが蠢《うごめ》くのを感じる。

——あなたにはわからないわよ、燕さん。

北斗が言った言葉が脳裏を過《よ》ぎる。

tojinomiko

ryukyukenpuroku

「わからない……か。そうでも……ないんだよ……」

結芽は小さくつぶやいた。

エピローグ

沖縄でのS装備運用試験と、それに伴う一連の事件は終わった。

公式には以下のような記録となっている——

二〇一七年八月某日、長船女学園《おさふねじょがくえん》傘下の普天間《ふてんま》研究施設（沖縄県宜野湾《ぎのわん》市）で、S装備の運用試験中に機能障害が発生。その影響で一時的にテスト装着者が心神喪失状態に陥り、研究施設より逃走するが、宜野湾市内で無事に保護される。本件の中で、研究施設内の器物破損はあったものの、テスト装着者や研究員、市内の民間人に被害は一切なかった。

またテスト装着者が保護された時間帯と同時期に、研究員のリディア・ニューフィールドが重傷を負った状態で発見された。何が起こったのかは現在究明中。心神喪失状態だったテスト装着者はこの時、特別刀剣類管理局《とくべつとうけんるいかんりきょく》の者と一緒にいたため、リディアの負傷とは無関係と思われる。

また、研究施設は今回の運用試験結果を重く受け止め、珠鋼《たまはがね》搭載型S装備の開発を凍結。今後は電力稼働型の開発を進めることに決定した。

事件終結から三時間後には、折神紫《おりがみゆかり》と親衛隊は鎌倉の特別刀剣類管理局本部に帰還していた。

真希《まき》、寿々花《すずか》、夜見《よみ》も、それぞれ普段通りの任務に戻っている。

真希は今回の事件の報告書を作成しながら、ふと一息つく。

「朝比奈《あさひな》北斗《ほくと》の罪は、どうやら不問となったようだね」

近くで書類整理をしていた寿々花が、少しからかうような口調で言う。

「あら、ホッとしていますの？　鬼の親衛隊第一席様も、やはり後輩には優しくなりますのね」

真希も苦笑気味に答える。

「ああ、そうだね。自分でも意外なほど安堵《あんど》しているよ」

他人事とは思えなかったからだろうか、と思う。

北斗の強さに対する執着。強くなるためなら、どんな方法でも選ぶという意志。まるで自分自身を見ているようだ——体内に存在する異物を意識しながら、真希はそう思った。

「朝比奈さんの凶行は結局、S装備の影響で自我をほとんど失っていたためと言えますし、そんな状態でも彼女は民間人に対して一切危害を加えませんでした。しかも自首してきたとなれば、無罪も不思議ではありませんわ。心神喪失状態の者を罪に問えないのは、日本の法律に照らして妥当ですし、むしろ彼女は実験の被害者とも考えられますから」

「そうだね。紫様もいろいろ配慮してくださったのかもしれない。しかし……」

北斗と栖羽《すう》に関しては、もう真希がこれ以上気にすることはないだろう。むしろ問題はリディアに関してだ。

リディアの部隊を壊滅させ、彼女自身を討ち取ったのは、一体誰なのだろうか。

真希が考え込んでいると、部屋のドアが開き、皐月《さつき》夜見が入ってくる。

「皐月。リディアの件に関する調査はどうだった?」

夜見はいつもの無表情のまま、首を横に振る。

「いえ。リディア・ニューフィールドは傷が重く、事情を聞ける状態ではありません。彼女の部下の隊員たちも多くは同様の状態ですが、話を聞ける軽傷の者も口をつぐんでいます」

「仕方ありませんわ。どのような些細《ささい》な情報であれ、上司の許可なく刀剣類管理局に話すわけにはいかないでしょうからね。こちらの調査は難航しそうです」

寿々花は小さくため息をつく。

「ですが」夜見は言う。「紫様は、リディアの件に関しては、形式的な記録作成以上のことは不要だとおっしゃっています。それと、彼女たちを壊滅させた者に関しては調査せずともいずれわかる、とも」

「……紫様は、すべての真相を知っているのか……？」

「そうかもしれませんわね……」

相変わらず底の知れない人だ——親衛隊の三人はそう思う。

燕結芽《つばくろゆめ》が親衛隊第四席として、彼女たちに合流するのは、まだしばし先のことである。

舞草《もくさ》のエージェントである古波蔵《こはぐら》エレンと益子薫《ましこかおる》、そしてねねは、沖縄県内の病院に来ていた。

「あー、やっと終わったか。長引く仕事にならなくてよかった」

「ねねー！」

ねねも同意するように頷く。

「薫、ねね。まだ最後のミッションが残ってマスよ。テスト装着者二人の、経過を確認することデス」

「経過確認って言っても、様子を見て『問題なし』って報告書に書くだけだろ」

そんなことを話しながら廊下を歩き、目的の病室にたどり着く。朝比奈北斗の病室だ。

少しだけドアを開け、その隙間から中を覗《のぞ》く。病室内には北斗の他に、伊南《いなみ》栖羽がいた。

二人の様子を確認し、問題はなさそうだと判断する。

そしてドアを閉め、病室を離れた。

「さて、ミッション終了だな。後は海でかき氷でも食いながら、のんびり過ごす」

「ねねー！」

「薫、残念デスが……既に戻ってこいと連絡が」

「あー、あー！　聞こえな～い」

「学長からメールも入ってマス」

「……『馬鹿め』と返信しておけ。オレたちは刀使《とじ》という公務員だが、同時に高校生でもある。学生には夏休みが必要だ」

薫の言葉に、エレンは苦笑しながらも、賛成する。

「Right.　そうデスね、せっかく沖縄に来たんですから、もう少しゆっくりしていきましヨウ。パパとママにも、会っておきたいデスし」


朝比奈北斗は入院することになった。

S装備のお陰で戦闘を続けることはできていたが、北斗は運用試験中に荒魂《あらだま》から攻撃を受け、リディアにも御刀《おかたな》で刺され、負傷していた。どちらも急所から外れていたため重傷ではないが、治療は必要だ。

特別刀剣類管理局や普天間研究施設も、S装備の暴走状態を長時間経験した影響の検査や、事件の取り調べを行うため、しばらく彼女を沖縄に留めておくべきと判断した。

栖羽は北斗の病室にお見舞いに来ていた。

「あなたには」北斗は言う。「感謝しないといけないわね。私を止めてくれた。今になって思えば、なんであんなにS装備に執着していたのか、自分でもわからないわ」

「あの時は北斗さん、やっぱり普通じゃなかったんだと思います。S装備のせいで」

「……そうかもしれないわね……」

だが、それだけではないだろう。北斗は自分の考え方が、以前と少しだけ変わったのを感じる。目の前の少女のお陰かもしれない。

「伊南さん……私はこの脚を治そうと思う」

長時間の運動を続けると、膝が痛くなるという故障。北斗が強さに執着するようになってから、生まれた怪我。

「治るんですか？」

「ええ。訓練のやりすぎで起こっただけだから、充分な休養を取れば、時間はかかるだろうけど、次第に治っていくって医者も言っていたわ。私は脚を治すことよりも、訓練を優先してきた……だからいつまで経っても治らなかったのよ」

少しでも休めば弱くなる、休んではならない、徹底的に自分の体を苛め抜かねばならない——そういう強迫観念に支配されていた。だからいつまでも膝は治らず、持病のようになってしまっていた。

「治しましょう！　絶対にその方がいいですよ！」

栖羽は自分のことのように、力を込めて言う。

「……でも、きっと私は弱くなるわね」

「なんでですか？　怪我が治ったら、むしろ強くなると思いますけど」

「私は元々、刀使としてそんなに才能があるわけじゃないもの。凡庸な刀使が、訓練で無理矢理強さを引き上げてただけだから」

実際、強さに執着するようになる前の北斗は、同学年の刀使の中でも、実力は中間より少し上程度に過ぎなかった。

「だから、脚を治すために訓練をやめたら、きっと私は弱くなる。昔と同じくらいの刀使に戻ると思う」

「いいんですよ、それで」栖羽はそう言った。「別に強くなくてもいいじゃないですか。私だって全然強くないですけど、こうして元気に生きてます！」

「……ふっ」北斗は思わず笑ってしまった。「そうね、あなたは弱いけど、私よりもずっと元気に生きているわね」

「そうですよ。刀使だから強い方がいいのは当然です、でも自分を犠牲にしてまで強くならなくても……いいんです」

栖羽はそう言う。

強さを求めることは刀使として当然だ。剣士として真っ当だ。

けれど、いろんな在り方があっていい。

すべてを捧《ささ》げて強さを求める生き方だって、間違っているわけではない。ただ、今の北斗は強さに執着する以外の生き方も見えるようになっていた。

「そうね、あなたの言う通りね。私も、少し、今までとは違う生き方を探してみるわ」苦笑気味に言って。「でも、伊南さん、あなたはもうちょっと強くなった方がいいわね」

「えええ⁉　そこでそんな返しを⁉」

「あなたは刀使としての実力が伴えば、恐ろしいほど強くなれる能力があるわ。だから、あなたはもっと訓練を積むべきよ」

「い、嫌です！　あの力は、絶対に使いたくないんです！　あの戦い方、本当にすっごく苦しいんですからね！　あんな思いするくらいなら、弱いままでいいですよぉ！」

栖羽は情けない声をあげる。

窓の外では、沖縄の空が明るく晴れ渡っている。昨日の雨と夜の暗さが嘘《うそ》だったかのように。

刀使としての在り方。

執着から解放された時、北斗は新たにそれを見出さねばならない。

刀使として。剣士として。人間として。
切っ先の向く先を――

琉球剣風録

キャラクター設定

コメント しずまよしのり

YOSHINORI SHIZUMA'S COMMENT

伊南栖羽
SUU INAMI

栖羽《すう》の言動もあり“一番刀使《とじ》らしくない”“刀が似合わない”と一人だけ浮いてるデザインにしてみました。
北斗《ほくと》と並んだ時の絵面も意識してます。

朝比奈北斗

HOKUTO ASAHINA

強さを求め、ストイックさ故に周りが見えてない感じをデザインに落とし込んでみました。人を近づけさせない雰囲気の攻撃的な毛束が特徴的です。

リディア・ニューフィールド

LYDIA NEWFIELD

研究員ということもあり、神経質感が漂うデザインにしてみました。

コメント

朱白あおい

AOI AKASHIRO'S COMMENT

朝比奈北斗 HOKUTO ASAHINA

ノベル版のオリジナルキャラクターとして、最初に作られたのが北斗でした。

彼女はアニメ『刀使ノ巫女《とじのみこ》』には登場していません。すなわち、世界を救う戦いには参加できない脇役です。そこそこ優秀な刀使ですが、可《か》奈美《なみ》や姫和《ひより》や親衛隊《しんえいたい》たちのような最上位の刀使には及ばず、本質的には凡人。今回の物語で描かれる事件は、そんな彼女が最強になりたいという執着を持ってしまったがゆえのものでもあると思います。私（著者）も凡人なので、そういうキャラに愛着が湧きます。

剣術流派と御刀《おかたな》は、アニメやゲームにまだ使われていないものにしようと、まず無外流《むがいりゅう》という流派を先に決めました。その後、無外流使いとも言われる新選組《しんせんぐみ》の斎藤一《さいとうはじめ》繋がりで、御刀は鬼神丸国重《きじんまるくにしげ》にしました。

平城学館《へいじょうがっかん》時代に真希《まき》にコテンパンに負けて、それ以来真希を敵視すると同時に、彼女に崇拝に近い感情を抱いています。寿々花《すずか》といい、真希には無自覚に女を惚れさせる魅力があるのだと思います。

イラストのしずま様からデザインが上がってきた時、想像以上の格好良さに震えました。

伊南栖羽 SUU INAMI

小説一巻分で描けるキャラクター数は多くできないため、メインで活動するオリジナルキャラクターは二人だけです。ですので、栖羽と北斗のペアをいかに描ききれるかが、本作の要でした。

　そのため、栖羽はとにかく北斗とのペア感を意識させるキャラにしています。名前からして、「北斗」と「伊南《いなみ》」という南北コンビ。御刀も北斗の鬼神丸国重に対し、栖羽の延寿国村と、文字に共通点を持つものを選びました。性格も荒々しく生真面目な北斗と対照的な、気弱で能天気な少女となりました。しずま様のデザインも、北斗が格好良い系に対し、こちらは可愛い系ですね。

　本作は栖羽の成長物語とも言えるのではないかと思います。ただ「御刀に選ばれただけ」だった少女が、本物の刀使になる物語。

　北斗が真希に負けた刀使であることに対し、栖羽は結芽《ゆめ》に負けた刀使。しかし北斗が「真希を倒す」と執念を燃やしていたのと反対に、栖羽は結芽に関わらないようにしようと生きてきました。そういうところも対照的です。

リディア・ニューフィールド　LYDIA NEWFIELD

『刀使ノ巫女』の中でしばしば語られながら、詳しいことが描かれてこなかった組織—DARPA。今回はS装備《ストームアーマー》開発に関わるストーリーなので、DARPAはまさにその中心にいる重要な存在です。そこでDARPA側の代表者として、キャラクターを出す必要があり、生まれたのがリディアというキャラクターです。

　伍箇伝《ごかでん》学長たちより一つ下の世代の刀使であり、折神紫《おりがみゆかり》と共に変わっていく特別刀剣類管理局《とくべつとうけんるいかんりきょく》を見てきた女性でもあります。刀使であると同時にDARPAであり、刀使でありながら御刀よりも近代兵器を信頼している—という歪《いびつ》な存在なので、剣術もあまり正統派ではない変わった流派にしようと思い、苗刀《みょうとう》使いとしました。

　年少の女性ほど御刀と適合しやすく、リディアは現在ほとんど御刀の力を使えなくなっています。それにも拘わらず、彼女が突如刀使としての力を取り戻したのも珠鋼搭載型《たまはがねとうさいがた》S装備が人体にもたらした副次的な効果の一つ……という設定です。

あとがき

アニメやゲーム原作の小説を書く時、いつも考えることがあります。

「これは小説で書く意味があるのだろうか？」――ということです。

本作の原作はアニメ『刀使ノ巫女《とじのみこ》』であり、コミックやゲームや舞台といったメディアミックスも行われています。小説は絵や音声が存在するメディアに比べ、文字でしか情報を伝えることができないため、アクションの迫力はどうしても劣ってしまいがちです。もちろん、優れた描写力で絵以上の迫力を生み出せる作家もいますが、私は決して描写力が卓越した人間ではありません。剣戟アクションで、アニメやコミックやゲームに匹敵する面白さを出せるとは露ほども思えませんでした。

美しく格好良い剣戟アクションが大きな魅力の一つである『刀使ノ巫女』なのに、小説版ではその魅力が劣ってしまう。それでも敢えて小説版を作るなら、小説版にしかない魅力と、小説であることに意味を持たせなければならない――本作を書くに当たって最も悩んだことは、それでした。

どうすれば、原作アニメが既に存在する中で、敢えて読む価値がある小説にできるのか。考えましたが、納得できるアイデアは浮かびませんでした。そんな時、『刀使ノ巫女』シリーズ構成の髙橋《たかはし》様からS装備《ストームアーマー》開発に関する秘話があることを聞き、「これだ！」と思ったのです。まだ他のメディアでは描かれていない物語。それならば、『刀使ノ巫女』を既に知っている人にとっても読む価値があるものにできるはずだ、と。

　またバトルシーンに関しては、どれほど詳細に書いてもアニメに比べれば見劣りするため、剣戟アクション自体の描写よりも、心情描写に重きを置くことにしました。心情描写は小説が得意とすることであり、他メディアより秀でている部分だと思うからです。

　そうして生まれたのが、『刀使ノ巫女　琉球《りゅうきゅう》剣風録《けんぷうろく》』です。アニメやコミック、ゲームなどが持っている魅力に劣っている部分は多いですが、そのぶん別の魅力を生み出すことができていれば、著者として感無量です。そして本作を読んで良かったと言ってくれる読者がいるなら、この小説は生み出される意味があったと言えると思います。

　最後に謝辞を。まずは本作の原案ストーリーを提供してくださった髙橋様。そしてスケジュールに余裕がない中、オリジナルキャラまで描いてくださったしずま様。本作の出版に関わっていただいたすべての皆様。そして本作を読んでくださったあなたに、最大限の感謝を。

ありがとうございました!!

朱白あおい（ミームミーム）

刀使ノ巫女

toji no miko

琉球剣風録

本書は書き下ろしです。

2019年7月24日第1刷発行

原作	伍箇伝計画
小説	朱白あおい
イラスト	しずまよしのり
ストーリー原案	髙橋龍也
装丁	佐野優笑・菅原悠里（Banana Grove Studio）
編集協力	鷗来堂
	五十嵐 拓嵩
担当編集	六郷祐介
編集人	千葉佳余
発行者	鈴木晴彦
発行所	株式会社 集英社
	〒101-8050　東京都千代田区一ツ橋 2-5-10 編集部 03-3230-6297 読者係 03-3230-6080 販売部 03-3230-6393（書店用）
印刷所	大日本印刷株式会社

Printed in Japan
ISBN978-4-08-703479-0　C0093

ジャンプ恋愛小説大賞、
募集中!!

JUMP j BOOKS
http://j-books.shueisha.co.jp/

本書のご意見・ご感想はこちらまで!
http://j-books.shueisha.co.jp/enquete/